Geschichten über die Liebe

SERIE PIPER

Zu diesem Buch

Himmelhochjauchzend und zu Tode betrübt – kein Thema beschäftigt die Autoren in aller Welt so sehr wie die Liebe. Einige der schönsten Liebesgeschichten sind in diesem Band versammelt: Anna Gavalda erzählt von einem Familienvater, dessen erste Liebe sich nach vielen Jahren wieder bei ihm meldet, Kurt Tucholsky entführt uns zusammen mit dem Liebespaar Claire und Wölfchen nach Rheinsberg, und bei Elke Heidenreich erfährt eine Tochter ganz unvermutet von der größten Liebe ihrer Mutter … Dieser Band zeigt verschiedenste Spielarten der Liebe: Geschichten von erster Verliebtheit und großer Leidenschaft, von Anfechtungen und Seitensprüngen und von der Liebe über den Tod hinaus.

Annika Krummacher, geboren 1970 in Erlangen, studierte Nordische Philologie und Germanistik in Kiel und Uppsala und arbeitet heute als Verlagslektorin und Übersetzerin in München.

Geschichten über die Liebe

Herausgegeben von
Annika Krummacher

Piper München Zürich

Von Annika Krummacher herausgegeben, liegen in der Serie Piper vor:
Freundinnen (3603)
Meine beste Freundin (4183)
Die schönsten Balladen (4289)
Heinrich Heine: Die schönsten Gedichte (4617)
Geschichten über die Liebe (4704)

FSC

Dieses Taschenbuch wurde auf FSC-zertifiziertem Papier gedruckt. FSC (Forest Stewardship Council) ist eine nichtstaatliche, gemeinnützige Organisation, die sich für eine ökologische und sozialverantwortliche Nutzung der Wälder unserer Erde einsetzt (vgl. Logo auf der Umschlagrückseite).

Originalausgabe
Mai 2006

Umschlagkonzept: Büro Hamburg
Umschlaggestaltung: Cornelia Niere, München
Umschlagabbildung: Mauritius/Nonstock
Papier: Munken Print von Arctic Paper Munkedals AB, Schweden
Gesamtherstellung: Clausen & Bosse, Leck
Printed in Germany
ISBN-13: 978-3-492-24704-7
ISBN-10: 3-492-24704-0

www.piper.de

Inhalt

Hermann Hesse

Der Zyklon

Es war in der Mitte der neunziger Jahre, und ich tat damals Volontärdienst in einer kleinen Fabrik meiner Vaterstadt, die ich noch im selben Jahre für immer verließ. Ich war etwa achtzehn Jahre alt und wußte nichts davon, wie schön meine Jugend sei, obwohl ich sie täglich genoß und um mich her fühlte wie der Vogel die Luft. Ältere Leute, die sich der Jahrgänge im einzelnen nimmer besinnen mögen, brauchte ich nur daran zu erinnern, daß in dem Jahre, von dem ich erzähle, unsere Gegend von einem Zyklon oder Wettersturm heimgesucht wurde, dessengleichen in unserm Lande weder vorher noch später gesehen worden ist. In jenem Jahre ist es gewesen. Ich hatte mir vor zwei oder drei Tagen einen Stahlmeißel in die linke Hand gehauen. Sie hatte ein Loch und war geschwollen, ich mußte sie verbunden tragen und durfte nicht in die Werkstatt gehen.

Es ist mir erinnerlich, daß jenen ganzen Spätsommer hindurch unser enges Tal in einer unerhörten Schwüle lag und daß zuweilen tagelang ein Gewitter dem andern folgte. Es war eine heiße Unruhe in der Natur, von welcher ich freilich nur dumpf und unbewußt berührt wurde und deren ich mich doch noch in Kleinigkeiten entsinne. Abends zum Beispiel, wenn ich zum Angeln ging, fand ich von der wetterschwülen Luft die Fische seltsam aufgeregt, sie drängten unordentlich durcheinander, schlugen häufig aus dem lauen Wasser empor und gingen blindlings an die Angel. Nun war es endlich ein wenig kühler und stiller geworden, die Gewitter kamen seltener, und in der Morgenfrühe roch es schon ein wenig herbstlich.

Eines Morgens verließ ich unser Haus und ging meinem Vergnügen nach, ein Buch und ein Stück Brot in der Tasche. Wie ich es in der Bubenzeit gewohnt gewesen war, lief ich zuerst hinters Haus in den Garten, der noch im Schatten lag. Die Tannen, die mein Vater gepflanzt und die ich selber noch ganz jung und stangendünn gekannt hatte, standen hoch und stämmig, unter ihnen lagen hellbraune Nadelhaufen, und es wollte dort seit Jahren nichts mehr wachsen als Immergrün. Daneben aber in einer langen, schmalen Rabatte standen die Blumenstauden meiner Mutter, die leuchteten reich und fröhlich, und es wurden von ihnen auf jeden Sonntag große Sträuße gepflückt. Da war ein Gewächs mit zinnoberroten Bündeln kleiner Blüten, das hieß brennende Liebe, und eine zarte Staude trug an dünnen Stengeln hängend viele herzförmige rote und weiße Blumen, die nannte man Frauenherzen, und ein anderer Strauch hieß die stinkende Hoffart. Nahebei standen hochstielige Astern, welche aber noch nicht zur Blüte gekommen waren, und dazwischen kroch am Boden mit weichen Stacheln die fette Hauswurz und der drollige Portulak, und dieses lange schmale Beet war unser Liebling und unser Traumgarten, weil da so vielerlei seltsame Blumen beieinander standen, welche uns merkwürdiger und lieber waren als alle Rosen in den beiden runden Beeten. Wenn hier die Sonne schien und auf der Efeumauer glänzte, dann hatte jede Staude ihre ganz eigene Art und Schönheit, die Gladiolen prahlten fett mit grellen Farben, der Heliotrop stand blau und wie verzaubert in seinen schmerzlichen Duft versunken, der Fuchsschwanz hing ergeben welkend herab, die Akelei aber stellte sich auf die Zehen und läutete mit ihren vierfältigen Sommerglocken. An den Goldruten und im blauen Phlox schwärmten laut die Bienen, und über dem dicken Efeu rannten kleine braune Spinnen heftig hin und wider; über den Levkoien zitterten in der Luft jene raschen, launisch schwirrenden Schmetterlinge mit dikken Leibern und gläsernen Flügeln, die man Schwärmer oder Taubenschwänze heißt.

In meinem Feiertagsbehagen ging ich von einer Blume zur andern, roch da und dort an einer duftenden Dolde oder tat mit vorsichtigem Finger einen Blütenkelch auf, um hineinzuschauen und die geheimnisvollen bleichfarbenen Abgründe und die stille Ordnung von Adern und Stempeln, von weichhaarigen Fäden und kristallenen Rinnen zu betrachten. Dazwischen studierte ich den wolkigen Morgenhimmel, wo ein sonderbar verwirrtes Durcheinander von streifigen Dunstfäden und wollig flockigen Wölkchen herrschte. Mir schien, es werde gewiß heute wieder einmal ein Gewitter geben, und ich nahm mir vor, am Nachmittag ein paar Stunden zu angeln. Eifrig wälzte ich, in der Hoffnung, Regenwürmer zu finden, ein paar Tuffsteine aus der Wegeinfassung beiseite, aber es krochen nur Scharen von grauen, trockenen Mauerasseln hervor und flüchteten verstört nach allen Seiten.

Ich besann mich, was nun zu unternehmen sei, und es wollte mir nicht sogleich etwas einfallen. Vor einem Jahre, als ich zum letztenmal Ferien gehabt hatte, da war ich noch ganz ein Knabe gewesen. Was ich damals am liebsten getrieben hatte, mit Haselnußbogen ins Ziel schießen, Drachen steigen lassen und die Mauslöcher auf den Feldern mit Schießpulver sprengen, das hatte alles den damaligen Reiz und Schimmer nicht mehr, als sei ein Teil meiner Seele müde geworden und antworte nimmer auf die Stimmen, die ihr einst lieb waren und Freude brachten.

Verwundert und in einer stillen Beklemmung blickte ich in dem wohlbekannten Bezirk meiner Knabenfreuden umher. Der kleine Garten, die blumengeschmückte Altane und der feuchte sonnenlose Hof mit seinem moosgrünen Pflaster sahen mich an und hatten ein anderes Gesicht als früher, und sogar die Blumen hatten etwas von ihrem unerschöpflichen Zauber eingebüßt. Schlicht und langweilig stand in der Gartenecke das alte Wasserfaß mit der Leitungsröhre; da hatte ich früher zu meines Vaters Pein halbe Tage lang das Wasser laufen lassen und hölzerne Mühlräder eingespannt, ich hatte auf dem Weg Dämme gebaut und Kanäle und mächtige Überschwemmungen veranstaltet. Das verwitterte Wasserfaß war mir ein treuer Liebling und Zeitvertreiber gewesen, und indem ich es ansah, zuckte sogar ein Nachhall jener Kinderwonne in mir auf, allein sie schmeckte traurig, und das Faß war kein Quell, kein Strom und kein Niagara mehr.

Nachdenklich kletterte ich über den Zaun, eine blaue Windenblüte streifte mir das Gesicht, ich riß sie ab und steckte sie in den Mund. Ich war nun entschlossen, einen Spaziergang zu machen und vom Berg herunter auf unsere Stadt zu sehen. Spazierengehen war auch so ein halbfrohes Unternehmen, das mir in früheren Zeiten niemals in den Sinn gekommen wäre. Ein Knabe geht nicht spazieren. Er geht in den Wald als Räuber, als Ritter oder Indianer, er geht an den Fluß als Flößer und Fischer oder Mühlenbauer, er läuft in die Wiesen zur Schmetterlings- und Eidechsenjagd. Und so erschien mir mein Spaziergang als das würdige und etwas langweilige Tun eines Erwachsenen, der nicht recht weiß, was er mit sich anzufangen hat.

Meine blaue Winde war bald welk und weggeworfen, und ich nagte jetzt an einem Buchsbaumzweig, den ich mir abgerissen hatte, er schmeckte bitter und gewürzig. Beim Bahndamm, wo der hohe Ginster stand, lief mir eine grüne Eidechse vor den Füßen weg, da wachte doch das Knabentum wieder in mir auf, und ich ruhte nicht und lief und schlich und lauerte, bis ich das ängstliche Tier sonnenwarm in meinen Händen hielt. Ich sah ihm in die blanken kleinen Edelsteinaugen und fühlte mit einem Nachhall ehemaliger Jagdseligkeit den geschmeidigen kräftigen Leib und die harten Beine zwischen meinen Fingern sich wehren und stemmen. Dann aber war die Lust erschöpft, und ich wußte nicht mehr, was ich mit dem gefangenen Tier beginnen sollte. Es war nichts damit, es war kein Glück mehr dabei. Ich bückte mich nieder und öffnete meine Hand, die Eidechse hielt verwundert einen Augenblick mit heftig atmenden Flanken still und verschwand eifrig im Grase. Ein Zug fuhr auf den glänzenden Eisenschienen daher und an mir vorbei, ich sah ihm nach und fühlte einen Augenblick ganz klar, daß mir hier keine wahre Lust mehr blühen könne, und wünschte inbrünstig, mit diesem Zuge fort und in die Welt zu fahren.

Ich hielt Umschau, ob nicht der Bahnwärter in der Nähe sei, und da nichts zu sehen noch zu hören war, sprang ich schnell über die Geleise und kletterte jenseits an den hohen roten Sandsteinfelsen empor, in welchen da und dort noch die geschwärzten Sprenglöcher vom Bahnbau her zu sehen waren. Der Durchschlupf nach oben war mir bekannt, ich hielt mich an den zähen, schon verblühten Ginsterbesen fest. In dem roten Gestein atmete eine trockene Sonnenwärme, der heiße Sand rieselte mir beim Klettern in die Ärmel, und wenn ich über mich sah, stand über der senkrechten Steinwand erstaunlich nah und fest der warme leuchtende Himmel. Und plötzlich war ich oben, ich konnte mich am Steinrand aufstemmen, die Knie nachziehen, mich an einem dünnen, dornigen Akazienstämmchen festhalten und war nun auf einem verlorenen, steil ansteigenden Graslande.

Diese stille kleine Wildnis, unter welcher in steiler Verkürzung die Eisenbahnzüge wegfahren, war mir früher ein lieber Aufenthalt gewesen. Außer dem zähen, verwilderten Grase, das nicht gemäht werden konnte, wuchsen hier kleine, feindornige Rosensträucher und ein paar vom Winde ausgesäte, kümmerliche Akazienbäumchen, durch deren dünne, transparente Blätter die Sonne schien. Auf dieser Grasinsel, die auch von oben her durch ein rotes Felsenband abgeschnitten war, hatte ich einst als Robinson gehaust, der einsame Landstrich gehörte niemandem, als dem, der den Mut und die Abenteuerlaune hatte, ihn durch senkrechtes Klettern zu erobern. Hier hatte ich als Zwölfjähriger mit dem Meißel meinen Namen in den Stein gehauen, hier hatte ich einst die Rosa von Tannenburg gelesen und ein kindliches Drama gedichtet, das vom tapferen Häuptling eines untergehenden Indianerstammes handelte.

Das sonnverbrannte Gras hing in bleichen, weißlichen Strähnen an der steilen Halde, das durchglühte Ginsterlaub roch stark und bitter in der windstillen Wärme. Ich streckte mich in die trockene Dürre, sah die feinen Akazienblätter in ihrer peinlich zierlichen Anordnung grell durchsonnt im satten blauen Himmel ruhen und dachte nach. Es schien mir die rechte Stunde zu sein, um mein Leben und meine Zukunft vor mir auszubreiten.

Doch vermochte ich nichts Neues zu entdecken. Ich sah nur die merkwürdige Verarmung, die mich von allen Seiten bedrohte, das unheimliche Erblassen und Hinwelken erprobter Freuden und liebgewordener Gedanken. Für das, was ich widerwillig hatte hingeben müssen, für die ganze verlorene Knabenseligkeit war mein Beruf mir kein Ersatz, ich liebte ihn wenig und bin ihm auch nicht lange treu geblieben. Er war für mich nichts als ein Weg in die Welt hinaus, wo ohne Zweifel irgendwo neue Befriedigungen zu finden wären. Welcher Art konnten diese sein?

Man konnte die Welt sehen und Geld verdienen, man brauchte Vater und Mutter nimmer zu fragen, ehe man etwas tat und unternahm, man konnte sonntags Kegel schieben und Bier trinken. Dieses alles aber, sah ich wohl, waren nur Nebensachen und keineswegs der Sinn des neuen Lebens, das mich erwartete. Der eigentliche Sinn lag anderswo, tiefer, schöner, geheimnisvoller, und er hing, so fühlte ich, mit den Mädchen und mit der Liebe zusammen. Da mußte eine tiefe Lust und Befriedigung verborgen sein, sonst wäre das Opfer der Knabenfreuden ohne Sinn gewesen.

Von der Liebe wußte ich wohl, ich hatte manches Liebespaar gesehen und wunderbar berauschende Liebesdichtungen gelesen. Ich hatte mich auch selber schon mehrere Male verliebt und in Träumen etwas von der Süßigkeit empfunden, um die ein Mann sein Leben einsetzt und die der Sinn seines Tuns und Strebens ist. Ich hatte Schulkameraden, die schon jetzt mit Mädchen gingen, und ich hatte in der Werkstatt Kollegen, die von den sonntäglichen Tanzböden und von nächtlich erstiegenen Kammerfenstern ohne Scheu zu erzählen wußten. Mir selbst indessen war die Liebe noch ein verschlossener Garten, vor dessen Pforte ich in schüchterner Sehnsucht wartete.

Erst in der letzten Woche, kurz vor meinem Unfall mit dem Meißel, war der erste klare Ruf an mich ergangen, und seitdem war ich in diesem unruhig nachdenklichen Zustande eines Abschiednehmenden, seitdem war mein bisheriges Leben mir zur Vergangenheit und war der Sinn der Zukunft mir deutlich geworden. Unser zweiter Lehrbube hatte mich eines Abends beiseite genommen und mir auf dem Heimweg berichtet, er wisse mir eine schöne Liebste, sie habe noch keinen Schatz gehabt und wolle keinen andern als mich, und sie habe einen seidenen Geldbeutel gestickt, den wolle sie mir schenken. Ihren Namen wollte er nicht sagen, ich werde ihn schon selber erraten können. Als ich dann drängte und fragte und schließlich geringschätzig tat, blieb er stehen – wir waren eben auf dem Mühlensteg überm Wasser – und sagte leise: »Sie geht gerade hinter uns.« Verlegen drehte ich mich um, halb hoffend und halb fürchtend, es sei doch alles nur ein dummer Scherz. Da kam hinter uns die Brückenstufen herauf ein junges Mädchen aus der Baumwollspinnerei gegangen, die Berta Vögtlin, die ich vom Konfirmandenunterricht her noch kannte. Sie blieb stehen, sah mich an und lächelte und wurde langsam rot, bis ihr ganzes Gesicht in Flammen stand. Ich lief schnell weiter und nach Hause.

Seither hatte sie mich zweimal aufgesucht, einmal in der Spinnerei, wo wir Arbeit hatten, und einmal abends beim Heimgehen, doch hatte sie nur grüß Gott gesagt und dann: »Auch schon Feierabend?« Das bedeutet, daß man ein Gespräch anzuknüpfen willens ist; ich hatte aber nur genickt und ja gesagt und war verlegen fortgegangen.

An dieser Geschichte hingen nun meine Gedanken fest und fanden sich nicht zurecht. Ein hübsches Mädchen liebzuhaben, davon hatte ich schon oft mit tiefem Verlangen geträumt. Da war nun eine, hübsch und blond und etwas größer als ich, die wollte von mir geküßt sein und in meinen Armen ruhen. Sie war groß und kräftig gewachsen, sie war weiß und rot und hübsch von Gesicht, an ihrem Nacken spielte schattiges Haargekräusel, und ihr Blick war voll Erwartung und Liebe. Aber ich hatte nie an sie gedacht, ich war nie in sie verliebt gewesen, ich war ihr nie in zärtlichen Träumen nachgegangen und hatte nie mit Zittern ihren Namen in mein Kissen geflüstert. Ich durfte sie, wenn ich wollte, liebkosen und zu eigen haben, aber ich konnte sie nicht verehren und nicht vor ihr knien und anbeten. Was sollte daraus werden? Was sollte ich tun?

Unmutig stand ich von meinem Graslager auf. Ach, es war eine üble Zeit. Wollte Gott, mein Fabrikjahr wäre schon morgen um und ich könnte wegreisen, weit von hier, und neu anfangen und das alles vergessen.

Um nur etwas zu tun und mich leben zu fühlen, beschloß ich, vollends auf den Berg zu steigen, so mühsam es von hier aus war. Da droben war man hoch über dem Städtchen und konnte in die Ferne sehen. Im Sturm lief ich die Halde hinan bis zum oberen Felsen, klemmte mich zwischen den Steinen empor und zwängte mich auf das hohe Gelände, wo der unwirtliche Berg in Gesträuch und lockeren Felstrümmern verlief. In Schweiß und Atemklemme kam ich hinan und atmete befreiter im schwachen Luftzug der sonnigen Höhe. Verblühende Rosen hingen locker an den Ranken und ließen müde blasse Blätter sinken, wenn ich vorüberstreifte. Grüne kleine Brombeeren wuchsen überall und hatten nur an der Sonnenseite den ersten schwachen Schimmer von metallischem Braun.

Distelfalter flogen ruhig in der stillen Wärme einher und zogen Farbenblitze durch die Luft, auf einer bläulich überhauchten Schafgarbendolde saßen zahllose rot und schwarz gefleckte Käfer, eine sonderbare lautlose Versammlung, und bewegten automatenhaft ihre langen, hageren Beine. Vom Himmel waren längst alle Wolken verschwunden, er stand in reinem Blau, von den schwarzen Tannenspitzen der nahen Waldberge scharf durchschnitten.

Auf dem obersten Felsen, wo wir als Schulknaben stets unsere Herbstfeuer angezündet hatten, hielt ich an und wendete mich um. Da sah ich tief im halbschattigen Tal den Fluß aufglänzen und die weißschaumigen Mühlenwehre blitzen, und eng in die Tiefe gebettet unsere alte Stadt mit braunen Dächern, über denen still und steil der blaue mittägliche Herdrauch in die Lüfte stieg. Da stand meines Vaters Haus und die alte Brücke, da stand unsere Werkstatt, in der ich klein und rot das Schmiedefeuer glimmen sah, und weiter flußab die Spinnerei, auf deren flachem Dache Gras wuchs und hinter deren blanken Scheiben mit vielen andern auch die Berta Vögtlin ihrer Arbeit nachging. Ach die! Ich wollte nichts von ihr wissen.

Die Vaterstadt sah wohlbekannt in der alten Vertrautheit zu mir herauf mit allen Gärten, Spielplätzen und Winkeln, die goldenen Zahlen der Kirchenuhr glänzten listig in der Sonne auf, und im schattigen Mühlkanal standen Häuser und Bäume klar in kühler Schwärze gespiegelt. Nur ich selber war anders geworden, und nur an mir lag es, daß zwischen mir und diesem Bilde ein gespenstischer Schleier der Entfremdung hing. In diesem kleinen Bezirk von Mauern, Fluß und Wald lag mein Leben nicht mehr sicher und zufrieden eingeschlossen, es hing wohl noch mit starken Fäden an diese Stätten geknüpft, war aber nicht mehr eingewachsen und umfriedet, sondern schlug überall mit Wogen der Sehnsucht über die engen Grenzen ins Weite. Indem ich mit einer eigentümlichen Trauer hinuntersah, stiegen alle meine geheimen Lebenshoffnungen feierlich in meinem Gemüte auf, Worte meines Vaters und Worte der verehrten Dichter zusammen mit meinen eigenen heimlichen Gelübden, und es schien mir eine ernsthafte, doch köstliche Sache, ein Mann zu werden und mein eigenes Schicksal bewußt in Händen zu halten. Und alsbald fiel dieser Gedanke wie ein Licht in die Zweifel, die mich wegen der Angelegenheit mit Berta Vögtlin bedrängten. Mochte sie hübsch sein und mich gern haben; es war nicht meine Sache, das Glück so fertig und unerworben mir von Mädchenhänden schenken zu lassen.

Es war nicht mehr lange bis Mittag. Die Lust am Klettern war mir verflogen, nachdenklich stieg ich den Fußweg nach der Stadt hinab, unter der kleinen Eisenbahnbrücke durch, wo ich in früheren Jahren jeden Sommer in den dichten Brennesseln die dunkeln pelzigen Raupen der Pfauenaugen erbeutet hatte, und an der Friedhofmauer vorbei, vor deren Pforte ein moosiger Nußbaum dichten Schatten streute. Das Tor stand offen, und ich hörte von drinnen den Brunnen plätschern. Gleich nebenan lag der Spiel- und Festplatz der Stadt, wo beim Maienfest und am Sedanstag gegessen und getrunken, geredet und getanzt wurde. Jetzt lag er still und vergessen im Schatten der uralten, mächtigen Kastanien, mit grellen Sonnenflecken auf dem rötlichen Sande.

Hier unten im Tal, auf der sonnigen Straße den Fluß entlang, brannte eine erbarmungslose Mittagshitze, hier standen, auf der Flußseite den grell bestrahlten Häusern gegenüber, die spärlichen Eschen und Ahorne dünnlaubig und schon spätsommerlich angegilbt. Wie es meine Gewohnheit war, ging ich auf der Wasserseite und schaute nach den Fischen aus. Im glashellen Flusse wedelte mit langen, wallenden Bewegungen das dichte bärtige Seegras, dazwischen in dunkeln, mir genau bekannten Lücken stand da und dort vereinzelt ein dicker Fisch träge und regungslos, die Schnauze gegen die Strömung gerichtet, und obenhin jagten zuweilen in kleinen dunkeln Schwärmen die jungen Weißfische hin. Ich sah, daß es gut gewesen war, diesen Morgen nicht zum Angeln zu gehen, aber die Luft und das Wasser und die Art, wie zwischen zwei großen runden Steinen eine dunkle alte Barbe ausruhend im klaren Wasser stand, sagte mir verheißungsvoll, es werde heut am Nachmittag wahrscheinlich etwas zu fangen sein. Ich merkte es mir und ging weiter und atmete tief auf, als ich von der blendenden Straße durch die Einfahrt in den kellerkühlen Flur unseres Hauses trat.

»Ich glaube, wir werden heute wieder ein Gewitter haben«, sagte bei Tische mein Vater, der ein zartes Wettergefühl besaß. Ich wandte ein, daß kein Wölkchen am Himmel und kein Hauch von Westwind zu spüren sei, aber er lächelte und sagte: »Fühlst du nicht, wie die Luft gespannt ist? Wir werden sehen.«

Es war allerdings schwül genug, und der Abwasserkanal roch heftig wie bei Föhnbeginn. Ich spürte vom Klettern und von der eingeatmeten Hitze nachträglich eine Müdigkeit und setzte mich gegen den Garten auf die Veranda. Mit schwacher Aufmerksamkeit und oft von leichtem Schlummer unterbrochen las ich in der Geschichte des Generals Gordon, des Helden von Chartum, und immer mehr schien es nun auch mir, es müsse bald ein Gewitter kommen. Der Himmel stand nach wie vor im reinsten Blau, aber die Luft wurde immer bedrückender, als lägen durchglühte Wolkenschichten vor der Sonne, die doch klar in der Höhe stand. Um zwei Uhr ging ich in das Haus zurück und begann mein Angelzeug zu rüsten. Während ich meine Schnüre und Haken untersuchte, fühlte ich die innige Erregung der Jagd voraus und empfand mit Dankbarkeit, daß doch dieses eine, tiefe, leidenschaftliche Vergnügen mir geblieben sei.

Die sonderbar schwüle, gepreßte Stille jenes Nachmittags ist mir unvergeßlich geblieben. Ich trug meinen Fischeimer flußabwärts bis zum unteren Steg, der schon zur Hälfte im Schatten der hohen Häuser lag. Von der nahen Spinnerei hörte man das gleichmäßige, einschläfernde Surren der Maschinen, einem Bienenfluge ähnlich, und von der Obermühle her schnarrte jede Minute das böse, schartige Kreischen der Kreissäge. Sonst war es ganz still, die Handwerker hatten sich in den Schatten der Werkstätten zurückgezogen, und kein Mensch zeigte sich auf der Gasse. Auf der Mühlinsel watete ein kleiner Bub nackt zwischen den nassen Steinen umher. Vor der Werkstatt des Wagnermeisters lehnten rohe Holzdielen an der Wand und dufteten in der Sonne überstark, der trockene Geruch kam bis zu mir herüber und war durch den satten, etwas fischigen Wasserduft hindurch deutlich zu spüren.

Die Fische hatten das ungewöhnliche Wetter auch bemerkt und verhielten sich launisch. Ein paar Rotaugen gingen in der ersten Viertelstunde an die Angel, ein schwerer breiter Kerl mit schönen roten Bauchflossen riß mir die Schnur ab, als ich ihn schon beinahe in Händen hatte. Gleich darauf kam eine Unruhe in die Tiere, die Rotaugen gingen tief in den Schlamm und sahen keinen Köder mehr an, oben aber wurden Schwärme von jungem, jährigem Fischzeug sichtbar und zogen in immer neuen Scharen wie auf einer Flucht flußaufwärts. Alles deutete darauf, daß anderes Wetter im Anzug sei, aber die Luft stand still wie Glas, und der Himmel war ohne Trübung.

Mir schien, es müsse irgendein schlechtes Abwasser die Fische vertrieben haben, und da ich noch nicht nachzugeben gesonnen war, besann ich mich auf einen neuen Standort und suchte den Kanal der Spinnerei auf. Kaum hatte ich dort einen Platz bei dem Schuppen gefunden und meine Sachen ausgepackt, so tauchte an einem Treppenfenster der Fabrik die Berta auf, schaute herüber und winkte mir. Ich tat aber, als sähe ich es nicht, und bückte mich über meine Angel.

Das Wasser strömte dunkel in dem gemauerten Kanal, ich sah meine Gestalt darin mit wellig zitternden Umrissen gespiegelt, sitzend, der Kopf zwischen den Fußsohlen. Das Mädchen, das noch drüben am Fenster stand, rief meinen Namen herüber, ich starrte aber regungslos ins Wasser und wendete den Kopf nicht um.

Mit dem Angeln war es nichts, auch hier trieben sich die Fische hastig wie in eiligen Geschäften umher. Von der bedrückenden Wärme ermüdet, blieb ich auf dem Mäuerlein sitzen, nichts mehr von diesem Tag erwartend, und wünschte, es möchte schon Abend sein. Hinter mir summte in den Sälen der Spinnerei das ewige Maschinengetöne, der Kanal rieb sich leise rauschend an den grünbemoosten, feuchten Mauern. Ich war voll schläfriger Gleichgültigkeit und blieb nur sitzen, weil ich zu träge war, meine Schnur schon wieder aufzuwickeln.

Aus dieser faulen Dämmerung erwachte ich, vielleicht nach einer halben Stunde, plötzlich mit einem Gefühl von Sorge und tiefem Unbehagen. Ein unruhiger Windzug drehte sich gepreßt und widerwillig um sich selber, die Luft war dick und schmeckte fad, ein paar Schwalben flogen erschreckt dicht über dem Wasser hinweg. Mir war schwindlig, und ich meinte, vielleicht einen Sonnenstich zu haben, das Wasser schien stärker zu riechen, und mir begann ein übles Gefühl, wie vom Magen her, den Kopf einzunehmen und den Schweiß zu treiben. Ich zog die Angelschnur heraus, um meine Hände an den Wassertropfen zu erfrischen, und begann mein Zeug zusammenzupacken.

Als ich aufstand, sah ich auf dem Platz vor der Spinnerei den Staub in kleinen spielenden Wölkchen wirbeln, plötzlich stieg er hoch und in eine einzige Wolke zusammen, hoch oben in den erregten Lüften flogen Vögel wie gepeitscht davon, und gleich darauf sah ich talherabwärts die Luft weiß werden wie in einem dicken Schneesturm. Der Wind, sonderbar kühl geworden, sprang wie ein Feind auf mich herab, riß die Fischleine aus dem Wasser, nahm meine Mütze und schlug mich wie mit Fäusten ins Gesicht.

Die weiße Luft, die eben noch wie eine Schneewand über fernen Dächern gestanden hatte, war plötzlich um mich her, kalt und schmerzhaft, das Kanalwasser spritzte hoch auf wie unter schnellen Mühlradschlägen, die Angelschnur war fort, und um mich her tobte schnaubend und vernichtend eine weiße brüllende Wildnis, Schläge trafen mir Kopf und Hände, Erde spritzte an mir empor, Sand und Holzstücke wirbelten in der Luft.

Alles war mir unverständlich; ich fühlte nur, daß etwas Furchtbares geschehe und daß Gefahr sei. Mit einem Satz war ich beim Schuppen und drinnen, blind vor Überraschung und Schrecken. Ich hielt mich an einem eisernen Träger fest und stand betäubte Sekunden atemlos in Schwindel und animalischer Angst, bis ich zu begreifen begann. Ein Sturm, wie ich ihn nie gesehen oder für möglich gehalten hatte, riß teuflisch vorüber, in der Höhe klang ein banges oder wildes Sausen, auf das flache Dach über mir und auf den Erdboden vor dem Eingang stürzte weiß in dicken Haufen ein grober Hagel, dicke Eiskörner rollten zu mir herein. Der Lärm von Hagel und Wind war furchtbar, der Kanal schäumte gepeitscht und stieg in unruhigen Wogen an den Mauern auf und nieder.

Ich sah, alles in einer Minute, Bretter, Dachschindeln und Baumzweige durch die Luft dahingerissen, fallende Steine und Mörtelstücke, alsbald von der Masse der darüber geschleuderten Hagelschloßen bedeckt; ich hörte wie unter raschen Hammerschlägen Ziegel brechen und stürzen, Glas zersplittern, Dachrinnen stürzen.

Jetzt kam ein Mensch dahergelaufen, von der Fabrik her quer über den eisbedeckten Hof, mit flatternden Kleidern schräg wider den Sturm gelegt. Kämpfend taumelte die Gestalt näher, mir entgegen, mitten aus der scheußlich durcheinandergewühlten Sintflut. Sie trat in den Schuppen, lief auf mich zu, ein stilles fremd-bekanntes Gesicht mit großen liebevollen Augen schwebte mit schmerzlichem Lächeln dicht vor meinem Blick, ein stiller warmer Mund suchte meinen Mund und küßte mich lange in atemloser Unersättlichkeit, Hände umschlangen meinen Hals, und blondes feuchtes Haar preßte sich an meine Wangen, und während ringsum der Hagelsturm die Welt erschütterte, überfiel ein stummer, banger Liebessturm mich tiefer und schrecklicher.

Wir saßen auf einem Bretterstoß, ohne Worte, eng umschlungen, ich streichelte scheu und verwundert Bertas Haar und drückte meine Lippen auf ihren starken, vollen Mund, ihre Wärme umschloß mich süß und schmerzlich. Ich tat die Augen zu, und sie drückte meinen Kopf an ihre klopfende Brust, in ihren Schoß und strich mit leisen, irren Händen über mein Gesicht und Haar.

Da ich die Augen aufschlug, von einem Sturz in Schwindelfinsternis erwachend, stand ihr ernstes, kräftiges Gesicht in trauriger Schönheit über mir, und ihre Augen sahen mich verloren an. Von ihrer hellen Stirne lief, unter den verwirrten Haaren hervor, ein schmaler Streifen hellroten Blutes über das ganze Gesicht und bis in den Hals hinab.

»Was ist? Was ist denn geschehen?« rief ich angstvoll.

Sie sah mir tiefer in die Augen und lächelte schwach.

»Ich glaube, die Welt geht unter«, sagte sie leise, und der dröhnende Wetterlärm verschlang ihre Worte. »Du blutest«, sagte ich.

»Das ist vom Hagel. Laß nur! Hast du Angst?«

»Nein. Aber du?«

»Ich habe keine Angst. Ach du, jetzt fällt die ganze Stadt zusammen. Hast du mich denn gar nicht lieb, du?«

Ich schwieg und schaute gebannt in ihre großen, klaren Augen, die waren voll betrübter Liebe, und während sie sich über meine senkten und während ihr Mund so schwer und zehrend auf meinem lag, sah ich unverwandt in ihre ernsten Augen, und am linken Auge vorbei lief über die weiße, frische Haut das dünne hellrote Blut. Und indessen meine Sinne trunken taumelten, strebte mein Herz davon und wehrte sich mit Verzweiflung dagegen, so im Sturm und wider seinen Willen weggenommen zu werden. Ich richtete mich auf, und sie las in meinem Blick, daß ich Mitleid mit ihr habe.

Da bog sie sich zurück und sah mich wie zürnend an, und da ich ihr in einer Bewegung von Bedauern und Sorge die Hand hinstreckte, nahm sie die Hand mit ihren beiden, senkte ihr Gesicht darein, sank kniend nieder und begann zu weinen, und ihre Tränen liefen warm über meine zuckende Hand. Verlegen schaute ich zu ihr nieder, ihr Kopf lag schluchzend über meiner Hand, auf ihrem Nacken spielte schattig ein weicher Haarflaum. Wenn das nun eine andere wäre, dachte ich heftig, eine, die ich wirklich liebte und der ich meine Seele hingeben könnte, wie wollte ich in diesem süßen Flaum mit liebenden Fingern wühlen und diesen weißen Nacken küssen! Aber mein Blut war stiller geworden, und ich litt Qualen der Scham darüber, diese da zu meinen Füßen knien zu sehen, welcher ich nicht gewillt war, meine Jugend und meinen Stolz hinzugeben.

Dieses alles, das ich durchlebte wie ein verzaubertes Jahr und das mir heute noch mit hundert kleinen Regungen und Gebärden wie ein großer Zeitraum im Gedächtnis steht, hat in der Wirklichkeit nur wenige Minuten gedauert. Eine Helligkeit brach unvermutet herein, Stücke blauen Himmels schienen feucht in versöhnlicher Unschuld hervor, und plötzlich, messerscharf abgeschnitten, fiel das Sturmgetöse in sich zusammen, und eine erstaunliche, unglaubhafte Stille umgab uns.

Wie aus einer phantastischen Traumhöhle trat ich aus dem Schuppen hervor an den wiedergekehrten Tag, verwundert, daß ich noch lebte. Der öde Hof sah übel aus, die

Erde zerwühlt und wie von Pferden zertreten, überall Haufen von großen eisigen Schloßen, mein Angelzeug war fort und auch der Fischeimer verschwunden. Die Fabrik war voll Menschengetöse, ich sah durch hundert zerschlagene Scheiben in die wogenden Säle, aus allen Türen drängten Menschen hervor. Der Boden lag voll von Glasscherben und zerborstenen Ziegelsteinen, eine lange blecherne Dachrinne war losgerissen und hing schräg und verbogen über das halbe Haus herab. Nun vergaß ich alles, was eben noch gewesen war, und fühlte nichts als eine wilde, ängstliche Neugierde, zu sehen, was eigentlich passiert wäre und wieviel Schlimmes das Wetter angerichtet habe. Alle die zerschlagenen Fenster und Dachziegel der Fabrik sahen im ersten Augenblick recht wüst und trostlos aus, aber schließlich war doch das alles nicht gar so gräßlich und stand nicht recht im Verhältnis zum furchtbaren Eindruck, den der Zyklon mir gemacht hatte. Ich atmete auf, befreit und halb auch wunderlich enttäuscht und ernüchtert: die Häuser standen wie zuvor, und zu beiden Seiten des Tales waren auch die Berge noch da. Nein, die Welt war nicht untergegangen.

Indessen, als ich den Fabrikhof verließ und über die Brücke in die erste Gasse kam, gewann das Unheil doch wieder ein schlimmeres Ansehen. Das Sträßlein lag voll von Scherben und zerbrochenen Fensterläden, Schornsteine waren herabgestürzt und hatten Stücke der Dächer mitgerissen, Menschen standen vor allen Türen, bestürzt und klagend, alles, wie ich es auf Bildern belagerter und eroberter Städte gesehen hatte. Steingeröll und Baumäste versperrten den Weg. Fensterlöcher starrten überall hinter Splittern und Scherben, Gartenzäune lagen am Boden oder hingen klappernd über Mauern herab. Kinder wurden vermißt und gesucht, Menschen sollten auf den Feldern vom Hagel erschlagen worden sein. Man zeigte Hagelstücke herum, groß wie Talerstücke und noch größere.

Noch war ich zu erregt, um nach Hause zu gehen und den Schaden im eigenen Hause und Garten zu betrachten; auch fiel mir nicht ein, daß man mich vermissen könnte, es war mir ja nichts geschehen. Ich beschloß, noch einen Gang ins Freie zu tun, statt weiter durch die Scherben zu stolpern, und mein Lieblingsort kam mir verlockend in den Sinn, der alte Festplatz neben dem Friedhof, in dessen Schatten ich alle großen Feste meiner Knabenjahre gefeiert hatte. Verwundert stellte ich fest, daß ich erst vor vier, fünf Stunden auf dem Heimweg von den Felsen dort vorübergegangen sei; es schienen mir lange Zeiten seither vergangen.

Und so ging ich die Gasse zurück und über die untere Brücke, sah unterwegs durch eine Gartenlücke unsern roten sandsteinernen Kirchturm wohlerhalten stehen und fand auch die Turnhalle nur wenig beschädigt. Weiter drüben stand einsam ein altes Wirtshaus, dessen Dach ich von weitem erkannte. Es stand wie sonst, sah aber doch sonderbar verändert aus, ich wußte nicht gleich warum. Erst als ich mir Mühe gab, mich genau zu besinnen, fiel mir ein, daß vor dem Wirtshaus immer zwei hohe Pappeln gestanden hatten. Diese Pappeln waren nicht mehr da. Ein uralt vertrauter Anblick war zerstört, eine liebe Stelle geschändet.

Da stieg mir eine böse Ahnung auf, es möchte noch mehr und noch Edleres verdorben sein. Mit einemmal fühlte ich mit beklemmender Neuheit, wie sehr ich meine Heimat liebte, wie tief mein Herz und Wohlsein abhängig war von diesen Dächern und Türmen, Brücken und Gassen, von den

Bäumen, Gärten und Wäldern. In neuer Erregung und Sorge lief ich rascher, bis ich drüben beim Festplatz war.

Da stand ich still und sah den Ort meiner liebsten Erinnerungen namenlos verwüstet in völliger Zerstörung liegen. Die alten Kastanien, in deren Schatten wir unsere Festtage gehabt hatten und deren Stämme wir als Schulknaben zu dreien und vieren kaum hatten umarmen können, die lagen abgebrochen, geborsten, mit den Wurzeln ausgerissen und umgestülpt, daß hausgroße Löcher im Boden klafften. Nicht einer stand mehr an seinem Platze, es war ein schauerhaftes Schlachtfeld, und auch die Linden und die Ahorne waren gefallen, Baum an Baum. Der weite Platz war ein ungeheurer Trümmerhaufen von Ästen, gespaltenen Stämmen, Wurzeln und Erdblöcken, mächtige Stämme standen noch im Boden, aber ohne Baum, abgeknickt und abgedreht mit tausend weißen, nackten Splittern.

Es war nicht möglich weiterzugehen, Platz und Straße waren haushoch von durcheinandergeworfenen Stämmen und Baumtrümmern gesperrt, und wo ich seit den ersten Kinderzeiten nur tiefen heiligen Schatten und hohe Baumtempel gekannt hatte, starrte der leere Himmel über der Vernichtung.

Mir war, als sei ich selber mit allen geheimen Wurzeln ausgerissen und in den unerbittlich grellen Tag gespien worden. Tagelang ging ich umher und fand keinen Waldweg, keinen vertrauten Nußbaumschatten, keine von den Eichen der Bubenkletterzeit mehr wieder, überall weit um die Stadt nur Trümmer, Löcher, gebrochene Waldhänge wie Gras hingemäht, Baumleichen klagend mit entblößtem Wurzelwerk zur Sonne gekehrt. Zwischen mir und meiner Kindheit war eine Kluft aufgebrochen, und meine Heimat war nicht die alte mehr. Die Lieblichkeit und die Torheit der gewesenen Jahre fielen von mir ab, und bald darauf verließ ich die Stadt, um ein Mann zu werden und das Leben zu bestehen, dessen erste Schatten mich in diesen Tagen gestreift hatten.

Johann Peter Hebel

Unverhofftes Wiedersehen

In Falun in Schweden küßte vor guten fünfzig Jahren und mehr ein junger Bergmann seine junge hübsche Braut und sagte zu ihr: »Auf Sankt Luciä wird unsere Liebe von des Priesters Hand gesegnet. Dann sind wir Mann und Weib, und bauen uns ein eigenes Nestlein.« – »Und Friede und Liebe soll darin wohnen«, sagte die schöne Braut mit holdem Lächeln, »denn du bist mein Einziges und Alles, und ohne dich möchte ich lieber im Grab sein, als an einem andern Ort.« Als sie aber vor St. Luciä der Pfarrer zum zweitenmal in der Kirche ausgerufen hatte: »So nun jemand Hindernis wüßte anzuzeigen, warum diese Personen nicht möchten ehelich zusammen kommen.« Da meldete sich der Tod. Denn als der Jüngling den andern Morgen in seiner schwarzen Bergmannskleidung an ihrem Haus vorbeiging, der Bergmann hat sein Totenkleid immer an, da klopfte er zwar noch einmal an ihrem Fenster, und sagte ihr guten Morgen, aber keinen guten Abend mehr. Er kam nimmer aus dem Bergwerk zurück, und sie saumte vergeblich selbigen Morgen ein schwarzes Halstuch mit rotem Rand für ihn zum Hochzeittag, sondern als er nimmer kam, legte sie es weg, und weinte um ihn und vergaß ihn nie. Unterdessen wurde die Stadt Lissabon in Portugal durch ein Erdbeben zerstört, und der siebenjährige Krieg ging vorüber, und Kaiser Franz der Erste starb, und der Jesuitenorden wurde aufgehoben und Polen geteilt, und die Kaiserin Maria Theresia starb, und der Struensee wurde hingerichtet, Amerika wurde frei, und die vereinigte französische und spanische Macht konnte Gibraltar nicht erobern. Die Türken schlossen den General Stein in der Veteraner Höhle in Ungarn ein, und der Kaiser Joseph starb auch. Der König Gustav von Schweden eroberte russisch Finnland, und die Französische Revolution und der lange Krieg fing an, und der Kaiser Leopold der Zweite ging auch ins Grab. Napoleon eroberte Preußen, und die Engländer bombardierten Kopenhagen, und die Ackerleute säten und schnitten. Der Müller mahlte, und die Schmiede hämmerten, und die Bergleute gruben nach den Metalladern in ihrer unterirdischen Werkstatt. Als aber die Bergleute in Falun im Jahr 1809 etwas vor oder nach Johannis zwischen zwei Schachten eine Öffnung durchgraben wollten, gute dreihundert Ellen tief unter dem Boden gruben sie aus dem Schutt und Vitriolwasser den Leichnam eines Jünglings heraus, der ganz mit Eisenvitriol durchdrungen, sonst aber unverwest und unverändert war, also daß man seine Gesichtszüge und sein Alter noch völlig erkennen konnte, als wenn er erst vor einer Stunde gestorben, oder ein wenig eingeschlafen war, an der Arbeit. Als man ihn aber zu Tag ausgefördert hatte, Vater und Mutter, Gefreunde und Bekannte waren schon lange tot, kein Mensch wollte den schlafenden Jüngling kennen oder etwas von seinem Unglück wissen, bis die ehemalige Verlobte des Bergmanns kam, der eines Tages auf die Schicht gegangen war und nimmer zurückkehrte. Grau und zusammengeschrumpft kam sie an einer Krücke an den Platz und erkannte ihren Bräutigam; und mehr mit freudigem Entzücken als mit Schmerz sank sie auf die geliebte Leiche nieder, und erst als sie sich von einer langen heftigen Bewegung des Gemüts erholt hatte, »es ist mein Verlobter«, sagte sie endlich, »um den ich fünfzig Jahre lang getrauert hatte, und den mich Gott noch einmal sehen läßt vor meinem Ende. Acht Tage vor der Hochzeit ist er unter die Erde gegangen und nimmer heraufgekommen.« Da wurden die Gemüter aller Umstehenden von Wehmut und Tränen ergriffen, als sie sahen die ehemalige Braut jetzt in der Gestalt des hingewelkten kraftlosen Alters und den Bräutigam noch in seiner jugendlichen Schöne, und wie in ihrer Brust nach 50 Jahren die Flamme der jugendlichen Liebe noch einmal erwachte; aber er öffnete den Mund nimmer zum Lächeln oder die Augen zum Wiedererkennen; und wie sie ihn endlich von den Bergleuten in ihr Stüblein tragen ließ, als die einzige, die ihm angehöre, und ein Recht an ihn habe, bis sein Grab gerüstet sei auf dem Kirchhof. Den andern Tag, als das Grab gerüstet war auf dem Kirchhof und ihn die Bergleute holten, schloß sie ein Kästlein auf, legte sie ihm das schwarzseidene Halstuch mit roten Streifen um, und begleitete ihn alsdann in ihrem Sonntagsgewand, als wenn es ihr Hochzeittag und nicht der Tag seiner Beerdigung wäre. Denn als man ihn auf dem Kirchhof ins Grab legte, sagte sie: »Schlafe nun wohl, noch einen Tag oder zehen im kühlen Hochzeitbett, und laß dir die Zeit nicht lange werden. Ich habe nur noch wenig zu tun, und komme bald, und bald wird's wieder Tag. – Was die Erde einmal wieder gegeben hat, wird sie zum zweitenmal auch nicht behalten«, sagte sie, als sie fortging, und noch einmal umschaute.

Anna Gavalda

Jahrelang

Jahrelang hatte ich geglaubt, diese Frau sei aus meinem Leben verschwunden, nicht sehr weit zwar, aber doch komplett daraus verschwunden.

Es gebe sie nicht länger, sie wohne ganz weit weg, sie sei nie wirklich hübsch gewesen, sie gehöre der Welt der Vergangenheit an. Der Welt, als ich noch jung und romantisch war, als ich noch glaubte, die Liebe halte ewig und nichts sei größer als meine Liebe zu ihr. Der ganze Schwachsinn halt.

Ich war sechsundzwanzig Jahre alt und stand in einem Bahnhof auf dem Bahnsteig. Ich begriff nicht, wieso sie so sehr weinte. Ich schloß sie in die Arme und vergrub mich in ihren Nacken. Ich glaubte, sie sei unglücklich, weil ich wegfuhr, und sie wolle mich ihre Verzweiflung sehen lassen. Und dann, einige Wochen später, nachdem ich am Telefon wie ein Bekloppter meinen Stolz mit Füßen getreten hatte oder in allzu langen Briefen nach ihr geseufzt hatte, begriff ich endlich.

Daß sie an jenem Tag schwach geworden war, weil sie wußte, daß sie mein Gesicht zum letzten Mal sah, daß sie über mich weinte, über meine sterblichen Überreste. Und daß sie schwer daran trug.

Monatelang habe ich mich überall gestoßen.

Ich gab auf nichts acht und habe mich überall gestoßen. Je weher es tat, um so mehr habe ich mich gestoßen.

Ich sah wunderbar heruntergekommen aus: all diese Tage voller Leere, wo ich so tat als ob. Indem ich aufstand, indem ich bis zur Verblödung arbeitete, indem ich schlecht und recht aß, mit meinen Kollegen Bier trank und nicht aufhörte, mit meinen Brüdern dreckige Witze zu machen, wo doch das leiseste Pusten des geringsten von ihnen ausgereicht hätte, mich umzuwerfen.

Aber ich täuschte mich. Es war nicht Tapferkeit, es war Dummheit: weil ich glaubte, sie würde zurückkommen. Daran hatte ich wirklich geglaubt.

Ich hatte nichts kommen sehen, und mein Herz war wirklich zu Bruch gegangen auf einem Bahnsteig in einem Bahnhof an einem Sonntagabend. Ich konnte mich nicht damit abfinden, und ich stieß mich an allem und überall.

Die darauffolgenden Jahre veränderten nichts. An manchen Tagen habe ich mich dabei ertappt, wie ich dachte:

»He? Das ist ja komisch. Ich glaube, gestern habe ich nicht an sie gedacht.« Und anstatt mich zu beglückwünschen, fragte ich mich, wie es möglich war, wie ich es geschafft hatte, einen ganzen Tag zu leben, ohne an sie zu denken. Vor allem ihr Vorname hat mich verfolgt. Und zwei oder drei scharfe Bilder, die ich von ihr im Kopf hatte. Immer die gleichen.

Ja, so war es. Ich habe morgens die Füße auf den Boden gesetzt, ich habe gegessen, ich habe mich gewaschen, ich habe mich angezogen, und ich habe gearbeitet.

Manchmal habe ich die nackten Körper irgendwelcher

Mädchen gesehen. Manchmal, aber ohne daß es mich berührt hätte.

Gefühle: Fehlanzeige.

Und dann bekam ich eines Tages doch noch meine Chance. Als es mir schon gleichgültig geworden war.

Eine andere Frau hat mich kennengelernt. Eine Frau, die völlig anders war, hat sich in mich verliebt, sie hatte einen anderen Vornamen und beschloß, aus mir einen ganzen Mann zu machen. Ohne mich nach meiner Meinung zu fragen, hat sie mich wieder auf die Beine gestellt und mich ein Jahr nach unserem ersten Kuß, zu dem es auf einem Kongreß im Fahrstuhl gekommen war, geheiratet.

Eine unverhoffte Frau. Ich muß sagen, daß ich ziemlich viel Angst hatte. Ich hatte nicht mehr daran geglaubt und habe sie bestimmt sehr oft verletzt. Ich strich ihr über den Bauch und schweifte in Gedanken ab. Ich hob ihre Haare hoch und suchte einen anderen Geruch. Sie hat nie etwas dazu gesagt. Sie wußte, daß mein Geisterdasein nicht mehr von langer Dauer sein würde. Aufgrund ihres Lachens, aufgrund ihrer Haut und aufgrund dieses ganzen Wusts an elementarer und selbstloser Liebe, die sie mir zu geben hatte. Sie hatte recht. Mein Geisterdasein ließ mich glücklich leben.

Im Augenblick befindet sie sich im Nebenzimmer. Sie ist eingeschlafen.

In beruflicher Hinsicht war ich erfolgreicher, als ich es mir je vorgestellt hatte. Man könnte meinen, Verbissenheit zahle sich aus, ich sei im rechten Augenblick am rechten Ort gewesen, hätte die richtigen Entscheidungen getroffen, hätte – ich weiß es nicht.

Auf alle Fälle sehe ich in den erstaunten wie skeptischen Augen meiner früheren Studienkollegen sehr wohl, daß sie ratlos davorstehen: eine hübsche Frau, eine hübsche Visitenkarte und maßgeschneiderte Hemden – bei so wenig anfänglichen Mitteln. Das macht perplex.

Damals war ich vor allem derjenige gewesen, der nur an Mädchen dachte, na ja, an jenes Mädchen, der während der Vorlesungen Briefe schrieb und weder nach den Hintern noch den Brüsten noch den Augen noch sonst was auf den Caféterrassen schielte. Derjenige, der jeden Freitag den ersten Zug nach Paris nahm und am Montagmorgen traurig und mit Ringen unter den Augen zurückkehrte und die Entfernungen sowie den Eifer der Schaffner verfluchte. Eher Harlekin als golden boy, so war es.

Weil ich sie liebte, habe ich mein Studium vernachlässigt, und weil ich mein Studium aufs Spiel setzte und in vielen anderen Dingen unentschlossen war, hat sie mich verlassen. Sie mußte denken, die Zukunft mit einem wie mir wäre zu – ja – unsicher.

Wenn ich mir heute meine Kontoauszüge anschaue, wird mir klar, daß das Leben ein Spaßvogel ist.

Ich habe also gelebt, als wäre nichts gewesen.

Natürlich kam es vor, daß wir uns lächelnd unterhielten, meine Frau und ich, auch mit Freunden, über unsere Studienjahre, über Filme und Bücher, die uns geprägt hatten, und über *unsere Jugendlieben*, Gesichter, die wir unterwegs vergessen hatten und die uns zufällig wieder in den Sinn kamen. Über die Preise in den Cafés und derlei nostalgischen Kram.

Über den Teil unseres Lebens, den wir in einem Regal abgelegt hatten. Wir wischten ein wenig Staub. Aber ich habe das alles nie breitgetreten. O nein.

Eine Zeitlang, das weiß ich noch, kam ich jeden Tag an einem Schild vorbei, auf dem der Name der Stadt stand, in der sie meines Wissens lebte, mit Kilometerangabe.

Jeden Morgen auf dem Weg ins Büro und jeden Abend auf dem Weg zurück warf ich einen Blick auf das Schild. Ich warf einen Blick darauf, mehr nicht. Ich bin ihm nie gefolgt. Ich habe zwar daran gedacht, aber schon der Gedanke, den Blinker zu setzen, kam mir vor, als würde ich meine Frau bespucken.

Trotzdem habe ich einen Blick darauf geworfen, das stimmt.

Und dann habe ich die Arbeitsstelle gewechselt. Das war's dann mit dem Schild.

Aber es gab immer auch andere Gründe, andere Vorwände. Immer. Wie viele Male habe ich mich in der Straße umgedreht, mit einem Stich im Herzen, weil ich geglaubt hatte, den Schatten einer Silhouette wahrgenommen zu haben, der – oder eine Stimme, die – oder eine Frisur wie –?

Wie viele Male?

Ich hatte geglaubt, ich würde nicht mehr daran denken, aber es reichte aus, daß ich einen Augenblick lang allein an einem einigermaßen ruhigen Ort war, um sie kommen zu sehen.

Einmal auf einer Restaurantterrasse, vor weniger als sechs Monaten, als der Kunde, den ich einladen sollte, nicht kam, habe ich sie in meiner Erinnerung gesucht. Ich habe meinen Kragen gelockert und den Kellner gebeten, mir eine Schachtel Zigaretten zu bringen. Jene starken und bitteren Zigaretten, die ich damals geraucht habe. Ich habe die Beine ausgestreckt und den Ober gebeten, das Gedeck mir gegenüber nicht wegzunehmen. Ich habe einen guten Wein bestellt, einen Gruaud-Larose, glaube ich, und während ich mit halb geschlossenen Augen rauchte und einen zarten Sonnenstrahl genoß, sah ich sie kommen.

Ich habe sie wieder und wieder angesehen. Ich habe nicht aufgehört, an sie zu denken und an das, was wir taten, wenn wir zusammen waren und wenn wir im gleichen Bett schliefen.

Niemals habe ich mich gefragt, ob ich sie immer noch liebe und welche Gefühle ich ihr gegenüber eigentlich hege. Das hätte nichts gebracht. Aber ich genoß es, sie über den Umweg eines Augenblicks der Einsamkeit wiederzusehen. Das muß ich zugeben, denn es ist die Wahrheit.

Zu meinem Glück hat mir das Leben nicht viele Momente der Einsamkeit beschert. Es sei denn, daß mich ein Kunde vergaß oder daß ich nachts allein im Auto saß, ohne mir Gedanken über den Weg machen zu müssen. Mit anderen Worten, fast nie.

Und selbst wenn ich manchmal bei einem richtigen Blues oder in einem Anflug von Nostalgie Lust dazu hätte und mich dazu hinreißen ließe, beispielsweise einen scherzhaften Ton anzuschlagen und ihre Telefonnummer im Minitel zu suchen oder eine andere Dummheit dieser Art, so weiß ich jetzt, daß das nicht in Frage kommt, denn seit einigen Jahren habe ich richtige Schutzgitter. Von der ganz gnadenlosen Sorte: meine Kinder.

Ich bin vernarrt in meine Kinder. Ich habe drei, Marie, ein großes Mädchen von sieben, Josephine, ein weiteres von fast vier, und Yvan, mit nicht ganz zwei Jahren der Kleinste. Außerdem war ich es, der meine Frau angefleht hat, mir noch ein drittes zu schenken, ich weiß noch, daß sie von Müdigkeit und Zukunft sprach, aber ich finde Babys ganz allerliebst, ihr Kauderwelsch und ihre feuchten Küsse. Komm schon, habe ich gesagt, schenk mir noch ein Kind. Sie hat sich nicht lange geziert, und allein schon deshalb weiß ich, daß sie meine einzige Freundin ist und daß ich sie nie verlassen werde. Auch wenn mich ein hartnäckiger Schatten begleitet.

Meine Kinder sind das Beste, was mir je passiert ist.

Eine alte Liebesgeschichte ist nichts dagegen. Gar nichts.

*

So ungefähr hat mein Leben ausgesehen, und dann hat sie letzte Woche ihren Vornamen ins Telefon gesprochen.

»Hier ist Hélèna.«

»Hélèna?«

»Stör ich?«

Ich hatte meinen Kleinen auf dem Schoß, der quietschend versuchte, nach dem Hörer zu greifen.

»Na ja.«

»Dein Kind?«

»Ja.«

»Wie alt ist es?«

»Weshalb rufst du mich einfach so an?«

»Wie alt ist es?«

»Zwanzig Monate.«

»Ich rufe an, weil ich dich gerne sehen würde.«

»Du willst mich sehen?«

»Ja.«

»Was soll der Blödsinn?«

»...«

»Einfach so. Du hast dir einfach gesagt: Ach ja, ich hätte Lust, ihn mal wiederzusehen?«

»So ähnlich.«

»Weshalb? Ich meine, weshalb jetzt? Nach all den Jahr...«

»Zwölf Jahre. Zwölf Jahre sind es jetzt.«

»Von mir aus. Aber was ist los? Bist du plötzlich aufgewacht? Was willst du? Willst du wissen, wie alt meine Kinder sind oder ob mir die Haare ausgefallen sind oder – oder wie du auf mich wirkst oder – oder ist es einfach nur so, um über die guten alten Zeiten zu reden?!«

»Hör zu, ich hatte nicht gedacht, daß du so darauf reagieren würdest, dann lege ich jetzt auf. Es tut mir leid. Ich ...«

»Wie bist du an meine Nummer gekommen?«

»Über deinen Vater.«

»Was!«

»Ich habe vorhin deinen Vater angerufen und ihn nach deiner Nummer gefragt, ganz einfach.«

»Hat er sich an dich erinnert?«

»Nein. Das heißt – ich habe ihm nicht gesagt, wer ich bin.«

Ich habe meinen Sohn auf den Boden gestellt, und er ist abgedüst ins Zimmer seiner Schwestern. Meine Frau war nicht da.

»Wart mal, leg nicht auf. Marie! Kannst du ihm bitte seine Hausschuhe anziehen? – Hallo? Bist du noch dran?«

»Ja.«

»Und?«

»Was und?«

»Du willst also, daß wir uns wiedersehen?«

»Ja. Das heißt, nicht für lange. Nur auf ein Glas oder einen kleinen Spaziergang, oder …«

»Warum? Wozu soll das gut sein?«

»Ich hab einfach nur Lust, dich wiederzusehen. Ein bißchen mit dir zu reden.«

»Hélèna?«

»Ja.«

»Warum tust du das?«

»Warum?«

»Ja, warum rufst du mich an? Warum so spät? Warum jetzt? Hast du dir denn gar nicht überlegt, ob du dadurch mein Leben durcheinanderbringen könntest? Du wählst meine Nummer und …«

»Hör zu, Pierre. Ich werde sterben.«

»…«

»Ich ruf dich an, weil ich sterben werde. Ich weiß noch nicht genau, wann, aber es ist nicht mehr lange hin.«

Ich löste den Hörer ein wenig vom Ohr, als wollte ich Atem schöpfen, und versuchte aufzustehen, erfolglos.

»Das ist nicht wahr.«

»Doch, es ist wahr.«

»Was fehlt dir?«

»Ach, das ist kompliziert. Um es kurz zu fassen, könnte man sagen, daß mein Blut, na ja, ich weiß nicht genau, was mit ihm los ist, weil die Diagnosen nicht ganz eindeutig sind, na ja, es ist irgendwas Komisches.«

»Bist du sicher?« habe ich gefragt.

»Hör mal! Was glaubst du denn? Daß ich dir irgendwelche dramatischen Lügengeschichten auftische, damit ich einen Grund habe, dich anzurufen?!!«

»Entschuldige bitte.«

»Schon okay.«

»Vielleicht irren sie sich ja.«

»Ja – vielleicht.«

»Nein?«

»Nein. Ich glaube nicht.«

»Wie kann das sein?«

»Ich weiß es nicht.«

»Hast du Schmerzen?«

»Es geht so.«

»Hast du Schmerzen?«

»Ein bißchen schon, wenn ich ehrlich bin.«

»Du willst mich also *ein letztes Mal* sehen?«

»Ja. So kann man es sagen.«

»...«

»...«

»Hast du keine Angst, enttäuscht zu werden? Willst du mich nicht lieber – in guter Erinnerung behalten?«

»So wie du warst, als du noch jung und schön warst?«

Ich hörte sie lächeln.

»Genau. Als ich noch jung und schön war und noch keine grauen Haare hatte.«

»Hast du jetzt graue Haare?!«

»Fünf Stück, glaube ich.«

»Ah! Das geht ja noch, hast du mir einen Schrecken eingejagt! Du hast recht. Ich weiß nicht, ob es eine gute Idee ist, aber ich denke seit einiger Zeit darüber nach – und ich habe mir gesagt, daß es wirklich etwas ist, was mir Freude machen würde. Na ja, und da es in letzter Zeit nicht mehr viel gibt, was mir Freude macht – habe ich dich angerufen.«

»Seit wann denkst du darüber nach?«

»Seit zwölf Jahren! Nein. Ich mache nur Spaß. Seit einigen Monaten. Seit meinem letzten Krankenhausaufenthalt, um genau zu sein.«

»Du willst mich also wiedersehen?«

»Ja.«

»Wann?«

»Wann du willst. Wann du kannst.«

»Wo wohnst du?«

»Immer noch im gleichen Ort. Hundert Kilometer von dir entfernt, glaube ich.«

»Hélèna?«

»Ja?«

»Nein, nichts.«

»Du hast recht. Nichts. So ist es. C'est la vie, und ich rufe dich nicht an, um die Vergangenheit aufzuribbeln oder das Unmögliche möglich zu machen, weißt du. Ich ... Ich ruf dich an, weil ich dein Gesicht wiedersehen will. Das ist alles. Wie diese Leute, die in das Dorf ihrer Kindheit zurückkehren oder in das Haus ihrer Eltern oder an irgendeinen Ort, der ihr Leben geprägt hat.«

»Eine Art Wallfahrt, wie?«

Mir fiel auf, daß sich meine Stimme verändert hatte.

»Ja, genau. Eine Art Wallfahrt. Als wäre dein Gesicht ein Ort, der mein Leben geprägt hat.«

»Wallfahrten haben immer etwas Trauriges an sich.«

»Warum sagst du das?! Du hast doch nie eine gemacht!?«

»Nein. Doch. Nach Lourdes.«

»Ach ja, na ja – also, nach Lourdes, wohin sonst?«

Sie zwang sich zu einem scherzhaften Ton.

Ich hörte, wie sich die Kleinen zankten, und ich hatte überhaupt keine Lust mehr zu reden. Mir war eher nach auflegen. Schließlich habe ich gesagt:

»Wann?«

»Sag du.«

»Morgen?«

»Wenn du willst.«

»Wo?«

»Auf halber Strecke zwischen dir und mir. In Sully zum Beispiel.«

»Kannst du Auto fahren?«

»Ja. Kann ich.«

»Was gibt es denn in Sully?«

»Na ja, nicht viel, vermute ich. Wir werden schon sehen. Wir können ja einfach vor dem Rathaus aufeinander warten.«

»Um die Mittagszeit?«

»O nein. Es ist nicht sehr witzig, mit mir zu essen, weißt du.« Sie zwang sich wieder zu lachen.

»Nach dem Mittagessen ist besser.«

*

In dieser Nacht konnte er nicht einschlafen. Er starrte mit weit geöffneten Augen an die Decke. Er wollte, daß sie trokken blieben. Nicht weinen.

Nicht etwa wegen seiner Frau. Er hatte Angst, sich zu täuschen, er hatte Angst, er würde eher über den Tod seines eigenen Innenlebens weinen als über ihren. Er wußte, wenn er einmal anfing, würde er nicht mehr aufhören können.

Nicht die Schleusentore öffnen. Auf keinen Fall. Weil er

jetzt schon seit so vielen Jahren umherstolzierte und darüber schimpfte, wie schwach die Leute waren. Die anderen. Die nicht wußten, was sie wollten, und die ihre ganze Mittelmäßigkeit hinter sich herzogen.

So viele Jahre schon, daß er mit dieser verfluchten Zärtlichkeit auf seine eigene Jugendzeit sah. Immer wenn er an sie dachte, versuchte er sich zu relativieren, so zu tun, als würde er darüber lächeln oder etwas begreifen. Dabei hatte er niemals auch nur das geringste begriffen.

Er weiß genau, daß er nur sie geliebt hat und daß er niemals von einem anderen Menschen als ihr geliebt wurde. Daß sie seine einzige Liebe gewesen ist und daß daran nichts zu ändern war. Daß sie ihn fallengelassen hatte wie einen lästigen Gegenstand, wie etwas Unnötiges. Daß sie ihm nie die Hand gereicht oder ein Briefchen geschickt hatte, um ihm zu sagen, er solle wieder aufstehen. Um ihm zu gestehen, daß sie so toll nicht war. Daß er sich irrte. Daß er mehr wert war als sie. Oder aber, daß sie den Fehler ihres Lebens gemacht hatte und es insgeheim bereute. Er wußte, wie stolz sie war. Ihm sagen, daß auch sie zwölf Jahre lang gelitten hatte und daß sie jetzt sterben würde.

Er wollte nicht weinen, und damit er nicht damit anfing, erzählte er sich irgendwelchen Schwachsinn. Ja, genau. Irgendwelchen Schwachsinn. Seine Frau hat sich umgedreht, hat ihre Hand auf seinen Bauch gelegt, und sofort hat er seine Wahnvorstellungen bereut. Natürlich hatte er eine andere geliebt und war von ihr geliebt worden, natürlich. Er betrachtet das Gesicht neben sich und nimmt ihre Hand, um sie zu küssen. Sie lächelt im Schlaf.

Nein, er braucht nicht zu stöhnen. Er braucht sich nichts

vorzumachen. Die romantische Leidenschaft, ei ja, eine Zeitlang geht das gut. Aber jetzt ist Schluß damit, basta. Außerdem paßt es ihm morgen nachmittag gar nicht so richtig, wegen seinem Termin mit den Kerlen von Sigma II. Er wird Marcheron darauf ansetzen müssen, und das paßt ihm schon gar nicht, denn Marcheron ...

Er konnte in dieser Nacht nicht einschlafen. Er dachte über alles mögliche nach.

So könnte er seine Schlaflosigkeit erklären, nur, daß seine Lampe nicht richtig leuchtet und er nichts sieht und er sich wie in der Zeit des großen Kummers überall stößt.

*

Sie konnte in dieser Nacht nicht einschlafen, aber sie ist daran gewöhnt. Sie schläft fast nicht mehr. Das liegt daran, daß sie sich am Tag nicht mehr ausreichend verausgabt. Das ist die Theorie des Arztes. Ihre Söhne sind beim Vater, und sie weint nur noch den ganzen Tag.

Weint. Weint. Weint.

Sie zerbricht, sie wirft Ballast ab, sie gibt sich auf. Es ist ihr egal, sie überlegt, daß es jetzt reicht, daß sie zu anderen Dingen übergehen und die Bahn freimachen muß, der Typ kann noch so oft sagen, daß sie sich nicht verausgabt, er begreift nichts mit seinem schmucken Kittel und seinen komplizierten Ausdrücken. In Wahrheit ist sie am Ende. Am Ende.

Sie weint, weil sie endlich Pierre angerufen hat. Sie hat immer dafür gesorgt, daß sie seine Telefonnummer hat, und es ist mehrmals vorgekommen, daß sie die zehn Zahlen gewählt hat, die sie von ihm trennten, um seine Stimme zu hören und schnell aufzulegen. Einmal ist sie ihm sogar einen ganzen Tag gefolgt, weil sie wissen wollte, wo er wohnt und was für ein Auto er hat, wo er arbeitet, wie er sich kleidet und ob er sorgenvoll aussieht. Sie ist auch seiner Frau gefolgt. Sie hatte sich eingestehen müssen, daß sie hübsch und fröhlich aussah und daß sie Kinder von ihm hatte.

Sie weint, weil ihr Herz heute wieder angefangen hat zu schlagen, obwohl sie dies schon lange nicht mehr für möglich gehalten hatte. Ihr Leben war schwerer gewesen, als sie es sich hätte vorstellen können. Sie hatte vor allem die Einsamkeit kennengelernt. Sie glaubte, es sei jetzt zu spät, noch etwas zu empfinden, sie habe ihren Anteil vom Kuchen schon gehabt. Vor allem, seit DIE sich eines Tages bei der Blutabnahme so aufgeregt hatten, einer Routineuntersuchung, die sie zufällig hatte machen lassen, weil sie sich nicht recht auf der Höhe fühlte. Sie alle, die kleinen Ärzte wie die großen Professoren, hatten eine Meinung zu der Geschichte, aber nicht mehr viel zu sagen, als es darum ging, sie da herauszuholen.

Sie weint aus so vielen Gründen, weil sie keine Lust mehr hat, darüber nachzudenken. Ihr ganzes Leben springt ihr plötzlich ins Gesicht. Um sich ein wenig zu schützen, redet sie sich ein, daß sie aus Freude am Weinen weint, und nichts sonst.

*

Sie war schon da, als ich kam, und sie hat mir zugelächelt. Sie hat gesagt, es ist gewiß das erstemal, daß ich dich nicht habe warten lassen, du siehst, es gab keinen Grund zu verzweifeln, und ich habe geantwortet, ich sei nicht verzweifelt.

Wir haben uns zur Begrüßung nicht umarmt. Du hast dich

nicht verändert, habe ich gesagt. Eine bescheuerte Bemerkung, aber genau das habe ich gedacht, nur daß ich sie noch hübscher fand. Sie war sehr blaß, und ihre winzigen blauen Adern um die Augen, auf den Lidern und den Schläfen waren allesamt zu sehen. Sie hatte abgenommen, und ihr Gesicht war hohlwangiger als früher. Sie wirkte resignierter, wenn ich an den lebhaften Eindruck denke, den sie früher gemacht hat. Sie sah mich ununterbrochen an. Sie wollte, daß ich erzähle, sie wollte, daß ich schwieg. Sie lächelte mich die ganze Zeit an. Sie wollte mich wiedersehen, und ich wußte nicht, wohin mit meinen Händen, ob ich rauchen durfte oder ihren Arm berühren.

Es war eine düstere Stadt. Wir sind ein Stückchen gelaufen bis zum öffentlichen Park.

Wir haben uns unser Leben erzählt. Ziemlich unzusammenhängend. Unsere Geheimnisse haben wir für uns behalten. Sie suchte nach Worten. Einmal hat sie mich nach dem Unterschied zwischen Unsicherheit und Unfähigkeit gefragt. Ich wußte ihn nicht mehr. Sie machte eine Geste, die mir zu verstehen gab, daß es im Grunde auch völlig belanglos war. Sie sagte, das Ganze habe sie sehr verbittert, sehr verhärtet, auf alle Fälle sehr verändert im Vergleich zu der, die sie vorher gewesen war.

Ihre Krankheit haben wir fast nicht erwähnt, außer als sie von ihren Kindern sprach und sagte, daß das kein Leben für diese sei. Vor kurzem hatte sie ihnen Nudeln kochen wollen, und selbst das hätte sie nicht geschafft, weil ihr der Wassertopf zu schwer gewesen war, nein wirklich, dies war kein Leben mehr. Sie hatten schon genug mitgemacht.

Sie hat mich nach meiner Frau gefragt und nach meinen Kindern und meiner Arbeit. Und sogar nach Marcheron. Sie wollte alles wissen, aber ich merkte, daß sie mir die meiste Zeit nicht zuhörte.

Wir saßen auf einer Bank, von der die Farbe schon ziemlich abgeblättert war, mit Blick auf einen Brunnen, der wohl seit seiner Einweihung kein Wasser mehr gespuckt hatte. Alles war häßlich. Traurig und häßlich. Die Feuchtigkeit senkte sich langsam auf uns herab, und wir haben uns ein wenig in uns zusammengekauert, um uns zu wärmen.

Schließlich ist sie aufgestanden, sie mußte allmählich los.

Sie sagte, ich möchte dich um einen Gefallen bitten, einen einzigen nur. Ich würde gerne an dir riechen. Und als ich nicht antwortete, gestand sie mir, daß sie all die Jahre Lust gehabt hatte, an mir zu riechen und meinen Geruch einzuatmen. Ich behielt meine Hände tief in den Manteltaschen, sonst hätte ich …

Sie ist hinter mich getreten und hat sich über meine Haare gebeugt. So ist sie lange geblieben, und ich habe mich schrecklich unwohl gefühlt. Anschließend hat sie ihre Nase zu meiner Nackenmulde bewegt und um meinen Kopf herum, sie hat sich Zeit gelassen, und dann den ganzen Nakken hinunter bis zum Hemdkragen. Sie hat tief Luft geholt, und auch sie hat ihre Hände auf dem Rücken behalten. Dann hat sie meine Krawatte gelockert und die zwei obersten Knöpfe an meinem Hemd geöffnet, und ich habe ihre kalte Nasenspitze ganz leicht an meinem Schlüsselbein gespürt, ich – ich –

Ich habe eine ziemlich abrupte Bewegung gemacht. Sie hat

sich hinter mir aufgerichtet und beide Hände auf meine Schultern gelegt. Sie hat gesagt, ich gehe jetzt. Ich will nicht, daß du dich bewegst oder daß du dich umdrehst. Bitte beweg dich nicht.

Ich habe mich nicht bewegt. Mir war ohnehin nicht danach, denn ich wollte nicht, daß sie mich mit verquollenen Augen und zusammengekniffenem Mund sieht.

Ich habe ziemlich lange gewartet, dann bin ich zu meinem Auto gegangen.

Hans Christian Andersen

Die kleine Seejungfrau

Weit draußen im Meer ist das Wasser so blau wie die Blätter der schönsten Kornblume und so klar wie das reinste Glas, aber es ist sehr tief, tiefer als irgendein Ankertau reicht; viele Kirchtürme müßten aufeinandergestellt werden, um von dem Grunde bis über das Wasser hinauszureichen. Da unten wohnt das Meervolk.

Nun muß man aber nicht glauben, daß da nur der nackte, weiße Sandboden ist; nein, da wachsen die wunderbarsten Bäume und Pflanzen, die so geschmeidige Stengel und Blätter haben, daß sie sich bei der geringsten Bewegung des Wassers rühren, geradeso, als wenn sie lebten. Alle Fische, kleine und große, huschen zwischen den Zweigen umher so wie hier oben die Vögel in der Luft. An der allertiefsten Stelle liegt das Schloß des Meerkönigs, die Mauern sind aus Korallen und die langen, spitzen Fenster aus dem allerklarsten Bernstein, aber das Dach besteht aus Muschelschalen, die sich öffnen und schließen, je nachdem das Wasser strömt; das sieht wunderhübsch aus, denn in jeder Muschel liegen strahlende Perlen, eine einzige würde in der Kröne einer Königin von großer Pracht sein.

Der Meerkönig da unten war seit vielen Jahren Witwer, aber seine alte Mutter stand seinem Haushalt vor; sie war eine kluge Frau, jedoch stolz auf ihren Adel, darum trug sie zwölf Austern auf ihrem Schwanz, die andern Vornehmen durften nur sechs tragen. – Sonst verdiente sie großes Lob, namentlich weil sie die kleinen Meerprinzessinnen, ihre Enkelinnen, so lieb hatte. Es waren sechs schöne Kinder, aber die jüngste war die schönste von ihnen allen, ihre Haut war so klar und so zart wie ein Rosenblatt, ihre Augen so blau wie der tiefste See, aber ebenso wie alle die andern hatte sie keine Füße, der Körper endete in einem Fischschwanz.

Den ganzen langen Tag konnten sie unten im Schlosse in den großen Sälen spielen, wo lebende Blumen aus den Wänden herauswuchsen. Die großen Bernsteinfenster wurden geöffnet, und dann schwammen die Fische zu ihnen hinein, so wie bei uns die Schwalben hereinfliegen, wenn wir die Fenster öffnen, aber die Fische schwammen ganz dicht an die kleinen Prinzessinnen heran, fraßen ihnen aus der Hand und ließen sich streicheln.

Draußen vor dem Schloß war ein großer Garten mit feuerroten und dunkelblauen Bäumen, die Früchte leuchteten wie Gold und die Blumen wie brennendes Feuer, indem sie fortwährend Stengel und Blätter bewegten. Die Erde selbst war der feinste Sand, aber blau wie Schwefelflammen. Über dem Ganzen da unten lag ein wunderlich blauer Schimmer; man hätte eher glauben sollen, daß man hoch oben in der Luft stünde und nur den Himmel über und unter sich habe, als daß man auf dem Grunde des Meeres sei. Bei Windstille konnte man die Sonne sehen, sie sah aus wie eine Purpurblüte, aus deren Kelch alles Licht ausströmte.

Jede von den kleinen Prinzessinnen hatte ihren kleinen Fleck im Garten, wo sie graben und pflanzen konnte, wie es ihr gefiel; die eine gab ihrem Blumenfleck die Gestalt eines Walfisches, eine andre zog es vor, daß der ihre einer kleinen

Meerjungfrau glich, aber die jüngste machte ihren Fleck ganz rund wie die Sonne und hatte nur Blumen, die rot wie diese schienen. Sie war ein wunderliches Kind, still und nachdenklich, und während die andern Schwestern ihre Gärten mit den sonderbarsten Dingen schmückten, die sie von gestrandeten Schiffen bekommen hatten, wollte sie außer den rosenroten Blumen, die der Sonne dort hoch oben glichen, nur eine schöne Marmorstatue haben, ein wunderschöner Knabe war es, aus weißem, klarem Stein gehauen und bei einer Strandung auf den Meeresgrund geraten. Neben die Statue pflanzte sie eine rosenrote Trauerweide, die wuchs herrlich und hing mit ihren frischen Zweigen darüber bis zu dem blauen Sandboden hinunter, wo der Schatten violett erschien und ebenso wie die Zweige in beständiger Bewegung war; es sah so aus, als wenn die Spitze und die Wurzeln miteinander spielten und sich küßten.

Es gab für sie keine größere Freude, als von der Menschenwelt dort oben zu hören; die alte Großmutter mußte alles erzählen, was sie von Schiffen und Städten, Menschen und Tieren wußte, namentlich erschien es ihr wunderlich schön, daß die Blumen oben auf der Erde dufteten – das taten sie auf dem Grunde des Meeres nicht – und daß die Wälder grün waren und daß die Fische, die man dort zwischen den Zweigen sah, so laut und schön singen konnten, daß es eine Lust war; das waren die kleinen Vögel, aber die Großmutter nannte sie Fische, weil die Prinzessinnen sie sonst nicht verstehen konnten, da sie noch keinen Vogel gesehen hatten.

»Wenn ihr euer fünfzehntes Jahr vollendet habt«, sagte die Großmutter, »so sollt ihr Erlaubnis haben, aus dem Meer aufzutauchen, im Mondschein auf den Klippen zu sitzen und die großen Schiffe zu sehen, die vorübersegeln, und Wälder und Städte sollt ihr sehen!« Im nächsten Jahre wurde die eine von den Schwestern fünfzehn Jahre alt, aber die andern – ja, die eine war immer ein Jahr jünger als die andere, die jüngste von ihnen hatte also noch ganze fünf Jahre vor sich, bis sie aus dem Meeresgrunde emporsteigen und sehen durfte, wie es oben bei uns aussieht. Aber die eine versprach, den andern zu erzählen, was sie am ersten Tage gesehen und am schönsten gefunden hätte, denn die Großmutter erzählte ihnen nicht genug, da war so vieles, worüber sie Auskunft haben mußten.

Keine war so sehnsuchtsvoll wie die jüngste, gerade sie, die am längsten zu warten hatte und die so still und gedankenvoll war. Manch eine Nacht stand sie am offenen Fenster und sah durch das dunkelblaue Wasser hinauf, wo die Fische mit ihren Flossen und Schwänzen plätscherten. Mond und Sterne konnte sie sehen, freilich schimmerten sie ganz bleich, aber durch das Wasser gesehen sahen sie viel größer aus als vor unsern Augen; glitt dann gleichsam eine schwarze Wolke unter ihnen hin, da wußte sie, daß es entweder ein Walfisch war, der über ihr schwamm, oder auch ein Schiff mit vielen Menschen; die dachten sicher nicht daran, daß eine liebliche, kleine Seejungfrau da unten stand und ihre weißen Hände nach dem Kiel emporstreckte.

Jetzt war die älteste Prinzessin fünfzehn Jahre alt und durfte über die Meeresfläche hinaufsteigen. Als sie zurückkam, hatte sie hunderterlei Dinge zu erzählen, aber das schönste, sagte sie, sei im Mondschein auf einer Sandbank in der ruhigen See zu liegen und ganz in der Nähe die Küste mit der großen Stadt zu sehen, wo die Lichter wie Hunderte von Sternen glänzten, die Musik und den Lärm und das Geräusch von Wagen und Menschen zu hören, die vielen Kirchtürme und Kuppeln zu sehen und zu hören, wie die Glocken läuteten; gerade weil sie nicht da hinaufkommen konnte, sehnte sie sich am allermeisten nach diesem allen.

Ach, wie die jüngste Schwester lauschte, und wenn sie dann am Abend an dem geöffneten Fenster stand und durch das dunkelblaue Wasser hinaufsah, dachte sie an die große Stadt mit all dem Lärm und Geräusch, und da glaubte sie, die Kirchenglocken bis zu sich hinab läuten zu hören.

Im Jahre darauf erhielt die zweite Schwester Erlaubnis, durch das Wasser aufzusteigen und zu schwimmen, wohin sie wollte. Sie tauchte auf, gerade als die Sonne unterging, und dieser Augenblick, fand sie, war das allerschönste. Der ganze Himmel habe wie Gold ausgesehen, sagte sie, und die Wolken, ja deren Schönheit konnte sie nicht genug beschreiben: Rot und violett waren sie über ihr hingesegelt, aber viel schneller als sie flog einem langen, weißen Schleier gleich ein Schwarm wilder Schwäne über das Wasser hin, wo die Sonne stand; sie schwamm auf sie zu, aber sie sank, und der Rosenschimmer erlosch auf der Meeresfläche und in den Wolken.

Im Jahre darauf kam die dritte Schwester hinauf, sie war die kühnste von ihnen allen, darum schwamm sie einen breiten Fluß hinauf, der in das Meer floß. Liebliche grüne Hügel mit Weinranken sah sie, Schlösser und Herrensitze lugten aus prächtigen Wäldern hervor; sie hörte, wie alle Vögel sangen, und die Sonne schien so warm, da sie oft unter das Wasser tauchen mußte, um ihr brennendes Gesicht zu kühlen. In einer kleinen Bucht traf sie eine ganze Schar kleiner Menschenkinder; ganz nackt liefen sie umher und plätscherten im Wasser, sie wollte mit ihnen spielen, aber sie eilten erschreckt davon, und da kam ein kleines schwarzes Tier, das war ein Hund, aber sie hatte noch nie einen Hund gesehen, der bellte sie so schrecklich an, daß ihr bange wurde und sie in die offene See hinausfloh; nie aber konnte sie die prächtigen Wälder, die grünen Hügel und die niedlichen Kinder vergessen, die im Wasser schwimmen konnten, obwohl sie keinen Fischschwanz hatten.

Die vierte Schwester war nicht so kühn, sie blieb da draußen mitten auf dem wilden Meer und erzählte, daß gerade das das Allerschönste sei; man sah viele Meilen rings um sich herum, und der Himmel stand wie eine große Glasglocke darüber. Schiffe hatte sie gesehen, aber in weiter Ferne, sie sahen aus wie Strandmöwen; die possierlichen Delphine hatten Purzelbäume geschossen, und die großen Walfische hatten Wasser aus ihren Nasenlöchern gespritzt, so daß es ausgesehen hatte wie Hunderte von Springbrunnen ringsumher.

Nun kam die Reihe an die fünfte Schwester; ihr Geburtstag war gerade im Winter, und daher sah sie, was die andern das erstemal nicht gesehen hatten. Die See sah ganz grün aus, und ringsumher schwammen große Eisberge; ein jeder sähe aus wie eine Perle, sagte sie, und sei doch weit größer als die Kirchtürme, die die Menschen bauten. In den wunderlichsten Gestalten zeigten sie sich und glitzerten wie Diamanten. Sie hatte sich auf einen der größten gesetzt, und alle Segler kreuzten erschrocken um den Eisberg herum, auf dem sie saß und den Wind mit ihrem langen Haar spielen ließ. Aber gegen Abend wurde der Himmel mit Wolken überzogen, es blitzte und donnerte, während die schwarze See die großen Eisblöcke hoch emporhob und sie in den grellen Blitzen aufleuchten ließ. Auf allen Schiffen reffte man die Segel, es herrschte Angst und Grauen, aber sie saß ruhig auf ihrem schwimmenden Eisberg und sah den blauen Blitzstrahl im Zickzack in die schimmernde See niederfahren.

Das erstemal, wenn eine der Schwestern über das Wasser hinaufkam, war eine jede entzückt über das Neue und Schöne, was sie sah, aber da sie nun als erwachsene Mädchen Erlaubnis hatten, hinaufzusteigen, wann sie wollten, wurde es ihnen gleichgültig, sie sehnten sich wieder heim, und nach Verlauf eines Monats sagten sie, daß es da unten bei ihnen doch am allerschönsten sei, und da sei man so hübsch zu Hause.

Manch eine Abendstunde stiegen die fünf Schwestern Arm in Arm in einer Reihe über das Wasser auf; wunderschöne Stimmen hatten sie, schönere als irgendein Mensch, und wenn dann ein Sturm im Anzuge war, so daß sie annehmen konnten, daß Schiffe scheitern würden, schwammen sie vor dem Schiffe her und sangen so lieblich davon, wie schön es auf dem Grunde des Meeres sei, und baten die Seeleute, sich nicht davor zu fürchten, dahinunter zu kommen; aber die konnten ihre Worte nicht verstehen, sie glaubten, es sei der Sturm, und sie bekamen die Schönheit da unten auch nicht zu sehen, denn wenn das Schiff sank, ertranken die Menschen und kamen nur als Leichen nach des Meerkönigs Schloß.

Wenn die Schwestern so des Abends Arm in Arm hoch emporstiegen bis über das Meer, dann stand die kleine Schwester ganz allein da unten und sah ihnen nach, und es war, als müßte sie weinen, aber die Seejungfrau hat keine Tränen, und darum leidet sie weit mehr.

»Ach, wäre ich doch erst fünfzehn Jahre alt!« sagte sie, »ich weiß, daß ich die Welt da oben sehr lieb haben werde und auch die Menschen, die da bauen und wohnen!«

Und endlich war sie dann fünfzehn Jahre alt.

»Sieh, nun haben wir dich auch von der Hand«, sagte die Großmutter, die alte Königinwitwe. »Komm her, laß mich dich schmücken so wie deine andern Schwestern!« Und sie setzte ihr einen Kranz von weißen Lilien auf das Haar, aber jedes Blatt in der Blume war die Hälfte einer Perle; und die Alte ließ acht große Austern sich im Schwanz der Prinzessin festklemmen, um ihren hohen Rang zu zeigen.

»Das tut so weh!« sagte die kleine Seejungfrau.

»Ja, Hoffart muß Pein leiden!« sagte die Alte.

Ach, sie hätte so gern all diese Pracht abgeschüttelt und den schweren Kranz abgelegt; ihre roten Blumen im Garten kleideten sie viel besser, aber sie wagte nicht, es zu tun. »Leb wohl!« sagte sie und stieg so klar und leicht wie eine Blase durch das Wasser auf.

Die Sonne war gerade untergegangen, als sie den Kopf über das Wasser erhob, aber alle Wolken schimmerten noch wie Rosen und Gold, und mitten in der blaßroten Luft strahlte der Abendstern so klar und schön, die Luft war milde und frisch, und das Meer war ganz still. Da lag ein großes Schiff mit drei Masten, nur ein einziges Segel war gehißt, denn es rührte sich kein Wind, und ringsumher im Tauwerk und auf den Rahen saßen die Matrosen. Es gab Musik und Gesang, und als der Abend dunkler ward, wurden Hunderte von bunten Laternen angezündet; sie sahen so aus, als wenn die Flaggen aller Nationen in der Luft wehten. Die kleine Seejungfrau schwamm dicht an das Kajütenfenster heran, und jedesmal, wenn das Wasser sie in die Höhe hob, konnte sie in die spiegelklaren Fensterscheiben hineinsehen, wo so viele geputzte Menschen standen, aber der schönste war doch der junge Prinz mit den großen, schwarzen Augen;

er war sicher nicht viel über sechzehn Jahre alt, es war sein Geburtstag, und darum herrschte all die Pracht. Die Matrosen tanzten auf dem Deck, und als der junge Prinz da hinaustrat, stiegen über hundert Raketen in die Luft auf und leuchteten wie der helle Tag, so daß die kleine Seejungfrau sehr erschrak und unter das Wasser tauchte, aber sie streckte bald den Kopf wieder hervor, und da war es, als wenn alle Sterne des Himmels zu ihr herunterfielen. Nie hatte sie solche Feuerkünste gesehen. Große Sonnen schnurrten herum, prächtige Feuerfische schwangen sich in der blauen Luft, und alles strahlte die klare, stille See wider. Auf dem Schiff selbst war es so hell, daß man jedes kleine Tau sehen konnte, von den Menschen gar nicht zu reden. Und wie schön doch der junge Prinz war, und er drückte den Leuten die Hände und lachte und lächelte, während die Musik in der herrlichen Nacht erklang.

Es wurde spät, aber die kleine Seejungfrau konnte ihre Augen nicht von dem Schiff abwenden und von dem schönen Prinzen. Die bunten Laternen wurden ausgelöscht, die Raketen stiegen nicht mehr in die Höhe, es ertönten auch keine Kanonenschüsse mehr, aber tief unten im Meer summte und brummte es; sie saß währenddes auf dem Wasser und schaukelte auf und nieder, so daß sie in die Kajüte hineinsehen konnte; aber das Schiff bekam mehr Fahrt, ein Segel nach dem andern breitete sich aus, jetzt gingen die Wellen stärker, große Wolken zogen auf, es blitzte in weiter Ferne. Wird das ein schreckliches Wetter werden! Darum refften die Matrosen die Segel. Das große Schiff schaukelte in fliegender Fahrt auf der wilden See, das Wasser hob sich wie große, schwarze Berge, die sich über die Massen stürzen wollten, aber das Schiff tauchte wie ein Schwan zwischen den hohen Wogen nieder und ließ sich wieder auf die hoch getürmten Wasser heben. Der kleinen Seejungfrau deuchte das gerade eine lustige Fahrt, aber das fanden die Seeleute gar nicht. Das Schiff krachte und knackte, die dicken Planken bogen sich unter den starken Stößen, die die See dem Schiff versetzte; der Mast brach mitten durch, als sei er ein Rohr, und das Schiff schlingerte auf die Seite, während das Wasser in den Raum eindrang. Jetzt sah die kleine Seejungfrau, daß sie in Gefahr waren; sie mußte sich selbst vor Balken und Schiffstrümmern, die auf dem Wasser trieben, in acht nehmen. Einen Augenblick war es so stockfinster, daß sie nicht das geringste sehen konnte, aber wenn es dann blitzte, wurde es wieder so hell, daß sie sie alle auf dem Schiff erkannte. Jeder sorgte für sich, so gut er konnte; namentlich suchte sie nach dem jungen Prinzen, und sie sah ihn, als das Schiff zerbarst, in die tiefe See versinken. Im ersten Augenblick freute sie sich, denn nun kam er zu ihr herunter, aber dann fiel es ihr ein, daß die Menschen ja nicht im Wasser leben können und daß er nur als Leiche nach dem Schloß ihres Vaters hinuntergelangen könnte. Nein, sterben durfte er nicht, darum schwamm sie zwischen die Balken und Planken, die auf der See trieben, vergaß ganz, daß sie sie hätten zermalmen können; sie tauchte tief unter das Wasser und stieg wieder hoch zwischen den Wellen empor, und so gelangte sie endlich zu dem jungen Prinzen, der fast nicht mehr in der stürmischen See schwimmen konnte, seine Arme und Beine fingen an zu ermatten, die schönen Augen schlossen sich; er hätte sterben müssen, wenn die kleine Seejungfrau nicht hinzugekommen wäre. Sie hielt seinen Kopf über dem Wasser und ließ sich dann mit ihm von den Wellen treiben, wohin sie wollten.

In der Morgenstunde war das Unwetter vorüber; von dem Schiff war nicht ein Splitter mehr zu sehen; die Sonne stieg so rot und schimmernd aus dem Wasser auf; es war, als wenn die Wangen des Prinzen Leben dadurch erhielten, aber die Augen blieben geschlossen; die Seejungfrau küßte seine hohe, schöne Stirn und strich sein nasses Haar zurück; sie fand, er glich der Marmorstatue unten in ihrem kleinen Garten, sie küßte ihn wieder und wünschte, daß er doch leben möchte.

Jetzt sah sie das feste Land vor sich, hohe, blaue Berge, auf deren Gipfeln der weiße Schnee leuchtete, als lägen dort Schwäne; unten am Ufer waren schöne, grüne Wälder, und davor lag eine Kirche oder ein Kloster, das wußte sie nicht recht, aber ein Gebäude war es. Zitronen- und Orangenbäume wuchsen dort im Garten, und vor dem Tore standen hohe Palmenbäume. Die See bildete hier eine kleine Bucht, die war spiegelblank, aber sehr tief, bis an die Klippe heran, wo der feine, weiße Sand angespült war; hierhin schwamm sie mit dem schönen Prinzen, legte ihn auf den Sand, sorgte aber dafür, daß der Kopf hoch in dem warmen Sonnenschein lag.

Jetzt läuteten die Glocken in dem großen, weißen Gebäude, und viele junge Mädchen kamen durch den Garten. Da schwamm die kleine Seejungfrau weiter hinaus hinter einige hohe Steine, die über das Wasser aufragten, legte Meeresschaum auf ihr Haar und ihre Brust, so daß niemand ihr kleines Antlitz sehen konnte, und da gab sie acht, wer zu dem armen Prinzen käme.

Es währte nicht lange, da kam ein junges Mädchen dahin; sie schien sehr zu erschrecken, aber nur einen Augenblick, dann holte sie mehrere Menschen, und die Seejungfrau sah, daß das Leben in den Prinzen zurückkehrte und daß er ihnen allen ringsumher zulächelte, aber zu ihr hinaus lächelte er nicht, er wußte ja auch nicht, daß sie ihn gerettet hatte; sie fühlte sich tieftraurig, und als er in das große Gebäude hineingeführt wurde, tauchte sie betrübt in das Wasser hinab und kehrte heim in das Schloß ihres Vaters.

Immer war sie still und gedankenvoll gewesen, aber nun ward sie es noch mehr. Die Schwestern fragten sie, was sie das erstemal da oben gesehen hätte, aber sie erzählte nichts.

Manch einen Abend und Morgen stieg sie dort empor, wo sie den Prinzen verlassen hatte. Sie sah, wie die Früchte des Gartens reiften und gepflückt wurden, sie sah, wie der Schnee auf den hohen Bergen schmolz, aber den Prinzen sah sie nicht, und darum kehrte sie jedesmal nur noch betrübter heim. Dann war es ihr einziger Trost, in dem kleinen Garten zu sitzen und die Arme um die schöne Marmorstatue zu schlingen, die dem Prinzen glich, aber ihre Blumen pflegte sie nicht, die wuchsen wie in einer Wildnis über die Gänge hinaus und flochten ihre langen Stengel und Blätter in die Zweige der Bäume hinein, so daß es dort ganz dunkel war.

Schließlich konnte sie es nicht mehr aushalten, sondern erzählte es einer von ihren Schwestern, und da bekamen es gleich alle die andern zu wissen, aber auch niemand weiter als die und ein paar andere Seejungfrauen, die es nur ihren allerbesten Freundinnen erzählten. Eine von diesen wußte, wer der Prinz war, sie hatte auch das Fest auf dem Schiff gesehen, wußte, woher er war und wo sein Königreich lag.

»Komm, kleine Schwester!« sagten die andern Prinzessinnen, und sich umschlungen haltend, stiegen sie in einer langen Reihe aus dem Meere auf da, wo sie wußten, daß des Prinzen Schloß lag.

Das war aus einer hellgelben, glänzenden Steinart aufgeführt, mit großen Marmortreppen, eine davon ging gerade in das Meer hinunter. Prächtige vergoldete Kuppeln ragten über dem Dach auf, und zwischen den Säulen, die rings um das ganze Gebäude liefen, standen Marmorbilder, die aussahen, als lebten sie. Durch das klare Glas der hohen Fenster sah man in die prächtigen Säle hinein, wo köstliche seidene Gardinen und Teppiche aufgehängt und alle Wände mit großen Gemälden geschmückt waren, die zu sehen ein wahres Vergnügen war. Mitten in dem größten Saal plätscherte ein großer Springbrunnen, die Strahlen stiegen bis an die Glaskuppel in der Decke empor, durch die die Sonne auf das Wasser schien und auf die herrlichen Pflanzen, die in dem großen Bassin wuchsen.

Nun wußte sie, wo er wohnte, und manchen Abend und manche Nacht kam sie hierher auf das Wasser; sie schwamm viel näher an das Ufer heran, als irgendeine von den andern es gewagt hatte, ja, sie ging den schmalen Kanal ganz hinauf bis unter den prächtigen Marmorbalkon, der einen langen Schatten über das Wasser warf. Hier saß sie und sah den jungen Prinzen an, der sich allein glaubte in dem hellen Mondschein.

Sie sah ihn manchen Abend mit Musik in seinem prächtigen Boot segeln, wo die Flaggen wehten; sie lugte zwischen dem grünen Schilf hervor, und wenn der Wind ihren langen, silberweißen Schleier ergriff und jemand ihn sah, so dachte er, es sei ein Schwan, der die Schwingen erhöbe.

Sie hörte manch eine Nacht die Fischer, die mit Fackeln auf der See waren, so viel Gutes von dem jungen Prinzen erzählen, und es freute sie, daß sie sein Leben gerettet hatte, als er halbtot auf den Wellen trieb, und sie dachte daran, wie fest sein Haupt an ihrem Busen geruht und wie herzlich sie ihn da geküßt hatte; er wußte nichts davon und konnte nicht einmal von ihr träumen.

Mehr und mehr fing sie an, die Menschen zu lieben, mehr und mehr wünschte sie, unter sie hinaufsteigen zu können; die Welt der Menschen erschien ihr weit größer als die ihre; sie konnten ja auf Schiffen über das Meer fliegen, konnten auf die höchsten Berge hinaufsteigen hoch über den Wolken; und die Länder, die ihnen gehörten, erstreckten sich mit Wäldern und Feldern weiter, als ihre Blicke reichten. Da war so vieles, was sie gern wissen wollte, aber die Schwestern konnten ihr keine Antwort auf alles geben, darum fragte sie die alte Großmutter, und die kannte die höhere Welt sehr gut, die sie sehr richtig die Länder über dem Meere nannte.

»Wenn die Menschen nicht ertrinken«, fragte die kleine Seejungfrau, »können sie dann immer leben, sterben sie nicht wie wir hier unten auf dem Meeresgrunde?«

»Freilich!« sagte die Alte, »sie müssen auch sterben, und ihre Lebenszeit ist sogar noch kürzer als die unsere. Wir können dreihundert Jahre alt werden, aber wenn wir dann aufhören, hier zu sein, werden wir nur zu Schaum auf dem Wasser, haben nicht einmal ein Grab hier unten zwischen unsern Lieben. Wir haben keine unsterbliche Seele, wir erhalten nie wieder Leben, wir sind wie das grüne Schilf: Ist das einmal abgeschnitten, so kann es nie wieder grünen! Die Menschen hingegen haben eine Seele, die ewig lebt; lebt, nachdem der Leib zu Erde geworden ist, sie steigt durch die klare Luft empor hinauf zu allen den funkelnden Sternen! So wie wir aus dem Meere auftauchen und die Länder der Menschen sehen, so tauchen sie zu unbekannten herrlichen Stätten auf, die wir nie zu sehen bekommen.«

»Warum haben wir keine unsterbliche Seele bekommen?« fragte die kleine Seejungfrau betrübt, »ich wollte alle meine Hunderte Jahre, die ich zu leben habe, hingeben, wenn ich nur einen einzigen Tag ein Mensch sein und späterhin teil an der himmlischen Welt haben könnte.«

»Darüber mußt du dir gar keine Gedanken machen!« sagte die Alte, »wir leben viel glücklicher und besser als die Menschen da oben!«

»Ich soll also sterben und als Schaum auf dem Meere treiben, soll nicht die Musik der Wellen hören, nicht die schönen Blumen und die rote Sonne sehen! Kann ich denn gar nichts tun, um eine ewige Seele zu erwerben?«

»Nein!« sagte die Alte, »nur wenn ein Mensch dich so lieb gewönne, daß du ihm mehr wärest als Vater und Mutter, wenn er mit all seinem Denken und Lieben an dir hinge und seine rechte Hand von dem Pfarrer in die deine legen ließe mit dem Gelöbnis der Treue hier und in alle Ewigkeit, da würde seine Seele in deinen Leib hinüberfließen, und du erhieltest auch Anteil an der Glückseligkeit der Menschen. Er würde dir Seele geben und behielte doch die eigene. Aber das kann niemals geschehen! Was hier im Meere gerade schön ist, dein Fischschwanz, das finden sie da oben auf der Erde häßlich, sie verstehen es nun einmal nicht besser; dort muß man, um hübsch zu sein, zwei plumpe Stützen haben, die sie Beine nennen!« Da seufzte die kleine Seejungfrau und sah betrübt auf ihren Fischschwanz.

»Laß uns fröhlich sein«, sagte die Alte, »hüpfen und springen wollen wir die dreihundert Jahre, die wir zu leben haben, das ist wahrlich Zeit genug, nachher kann man um so besser ausruhen. Heute abend werden wir Hofball haben!«

Das war auch eine Pracht, wie man sie nie auf Erden sieht.

Wände und Decke in dem großen Tanzsaal waren aus dikkem, aber klarem Glas. Mehrere hundert riesengroße Muschelschalen, rosenrote und grasgrüne, standen in Reihen zu beiden Seiten mit einem blauen, brennenden Feuer, das den ganzen Saal erhellte und durch die Wände hindurchschien, so daß die See da draußen ganz erleuchtet war; man konnte alle die unzähligen Fische, große wie kleine, sehen, die an die Glasmauer heranschwammen, an einigen schimmerten die Schuppen purpurrot, an andern sahen sie aus wie Silber und Gold. Mitten durch den Saal floß ein breiter, rinnender Strom, und darauf tanzten Meermänner und Meerweibchen zu ihrem eigenen lieblichen Gesang. So schöne Stimmen hatten die Menschen auf der Erde nicht. Die kleine Seejungfrau sang am schönsten von ihnen allen, und sie klatschten in die Hände; und einen Augenblick fühlte sie Freude in ihrem Herzen, denn sie wußte, daß sie die schönste Stimme von allen auf der Erde und im Meere hatte. Aber bald mußte sie doch wieder an die Welt da oben über sich denken; sie konnte den schönen Prinzen nicht vergessen und ihren Kummer, keine unsterbliche Seele so wie er zu besitzen, darum schlich sie sich aus ihres Vaters Schloß, und während alles da drinnen Gesang und Frohsinn war, saß sie betrübt in ihrem kleinen Garten. Da hörte sie das Waldhorn durch das Wasser herab erklingen, und sie dachte: »Nun segelt er wohl da oben! Er, den ich mehr liebe als Vater und Mutter, er, an dem mein Sinnen hängt und in dessen Hände ich meines Lebens Glück legen möchte! Alles will ich wagen, um ihn und eine unsterbliche Seele zu gewinnen! Während meine Schwestern da drinnen in meines Vaters Schloß tanzen, will ich zur Meerhexe gehen, vor der mir immer so bange gewesen ist, aber sie kann vielleicht raten und helfen!«

Nun ging die kleine Seejungfrau aus ihrem Garten hinaus, hin zu den brausenden Strudeln, hinter denen die Hexe wohnte. Den Weg war sie noch nie gegangen, hier wuchsen keine Blumen, kein Seegras, nur der nackte, graue Sandboden erstreckte sich bis an die Strudel, wo das Wasser wie brausende Mühlräder herumwirbelte und alles, was es erfassen konnte, mit sich in die Tiefe hinabzog; mitten zwischen diesen zermalmenden Wirbeln mußte sie hindurchgehen, um in das Bereich der Meerhexe zu gelangen, und hier führte der Weg eine lange Strecke über warmsprudelnden Schlamm, den nannte die Hexe ihr Torfmoor. Dahinter lag ihr Haus inmitten eines sonderbaren Waldes. Alle Bäume und Büsche waren Polypen, halb Tier, halb Pflanze, sie sahen aus wie hundertköpfige Schlangen, die aus der Erde herauswuchsen. Alle Zweige waren lange, schleimige Arme mit Fingern wie geschmeidige Würmer, und Glied für Glied bewegten sie sich von der Wurzel bis zu der äußersten Spitze. Alles, was sie im Meere erfassen konnten, umschlangen sie fest und gaben es nie wieder frei. Die kleine Seejungfrau blieb ganz erschrokken da draußen stehen; ihr Herz pochte vor Angst, fast wäre sie umgekehrt, aber dann dachte sie an den Prinzen und an die Seele der Menschen, und da bekam sie Mut. Ihr langes, flatterndes Haar band sie sich fest um den Kopf, damit die Polypen sie nicht daran angreifen sollten, beide Hände legte sie über der Brust zusammen und flog dann dahin, wie der Fisch durch das Wasser fliegen kann, zwischen den häßlichen Polypen hindurch, die ihre geschmeidigen Arme und Finger nach ihr ausstreckten. Sie sah, wie jeder von ihnen etwas hielt, was er ergriffen hatte, Hunderte von kleinen Armen umfaßten es wie mit starken Eisenbanden. Menschen, die auf der See umgekommen und tief hinabgesunken waren, lugten als weiße Gerippe aus den Armen der Polypen hervor. Schiffsruder und Kisten hielten sie fest, Skelette von Landtieren und ein kleines Meerweibchen, das sie gefangen und erdrosselt hatten, das war ihr fast das Schrecklichste.

Jetzt kam sie an einen großen, schleimigen Platz im Walde, wo große, fette Wasserschlangen sich wälzten und ihren häßlichen, weißgelben Bauch zeigten. Mitten auf dem Platz war ein Haus aus den weißen Knochen gestrandeter Menschen errichtet; da saß die Meerhexe und ließ eine Kröte aus ihrem Mund fressen, so wie die Menschen einen kleinen Kanarienvogel Zucker essen lassen. Die häßlichen, fetten Wasserschlangen nannte sie ihre kleinen Küken und ließ sie sich auf ihrer großen, schwammigen Brust wälzen.

»Ich weiß recht gut, was du willst!« sagte die Hexe, »es ist dumm von dir! Aber du sollst doch deinen Willen haben, denn der wird dich ins Unglück stürzen, meine schöne Prinzessin. Du willst gern deinen Fischschwanz los sein und statt dessen zwei Stummel haben, auf denen du gehen kannst so wie die Menschen, damit sich der junge Prinz in dich verlieben kann und du ihn und eine unsterbliche Seele bekommen kannst!« Dabei lachte die Hexe so laut und so widerlich, daß die Kröte und die Schlangen an die Erde fielen und sich da wälzten. »Du kommst gerade zur rechten Zeit«, sagte die Hexe, »morgen, wenn die Sonne aufgeht, hätte ich dir erst wieder helfen können, nachdem ein Jahr vergangen ist. Ich will dir einen Trank bereiten, damit mußt du, ehe die Sonne aufgeht, an das Land schwimmen, dich an das Ufer setzen und ihn austrinken, dann trennt sich dein Schwanz ab und schrumpft zu dem ein, was die Menschen niedliche Beine nennen, aber das tut weh, es ist, als wenn ein scharfes Schwert dich durchzuckte. Alle, die dich sehen, werden sagen, daß du das schönste Menschenkind bist, das sie gesehen haben! Du behältst deinen schwebenden Gang, keine Tänzerin kann so schweben wie du, aber jeder Schritt, den du machst, ist so, als trätest du auf ein scharfes Messer, als müßte dein Blut fließen. Willst du dies alles erleiden? Dann werde ich dir helfen.«

»Ja!« sagte die kleine Seejungfrau mit bebender Stimme – und dachte an den Prinzen und an die unsterbliche Seele.

»Aber bedenke«, sagte die Hexe, »hast du erst einmal menschliche Gestalt bekommen, so kannst du nie wieder eine Seejungfrau werden! Du kannst nie wieder durch das Wasser hinabsteigen zu deinen Schwestern und zu deines Vaters Schloß, und gewinnst du die Liebe des Prinzen nicht, so daß er um deinetwillen Vater und Mutter vergißt, mit seinem ganzen Denken an dir hängt und den Pfarrer eure Hände ineinander legen läßt, daß ihr Mann und Frau werdet – so bekommst du keine unsterbliche Seele. An dem ersten Morgen, nachdem er sich mit einer andern verheiratet hat, muß dein Herz brechen, und du wirst zu Schaum auf dem Wasser.«

»Ich will es«, sagte die kleine Seejungfrau und war bleich wie der Tod.

»Aber mich mußt du auch bezahlen!« sagte die Hexe, »und es ist nichts Geringes, was ich verlange. Du hast die schönste Stimme von allen hier unten auf dem Meeresgrunde, mit der glaubst du ihn wohl bezaubern zu können, aber die Stimme sollst du mir geben. Das beste, was du hast, will ich für meinen köstlichen Trank haben! Mein eignes Blut muß ich dir ja darin geben, damit der Trank scharf werden kann wie ein zweischneidiges Schwert!«

»Aber wenn du meine Stimme nimmst«, sagte die kleine Meerjungfrau, »was bleibt mir dann übrig?«

»Deine schöne Gestalt«, sagte die Hexe, »dein schwebender Gang und deine sprechenden Augen, damit kannst du wohl ein Menschenherz betören. Nun, hast du den Mut verloren? Strecke deine kleine Zunge heraus, dann schneide ich sie an Zahlungs Statt ab, und du sollst den kräftigen Trank haben!«

»Es geschehe!« sagte die kleine Seejungfrau, und die Hexe setzte ihren Kessel auf, um den Zaubertrank zu kochen. »Reinlichkeit ist eine gute Sache!« sagte sie und scheuerte den Kessel mit den Schlangen, die sie zu einem Knoten zusammenschlang; dann ritzte sie sich in die Brust und ließ ihr schwarzes Blut heruntertropfen; der Dampf bildete die wunderlichste Gestalten, so daß einem angst und bange werden mußte.

Jeden Augenblick warf die Hexe neue Sachen in den Kessel, und als er ordentlich kochte, klang es, als wenn ein Krokodil weinte. Endlich war der Trank fertig, er sah aus wie das klarste Wasser.

»Da hast du ihn!« sagte die Hexe und schnitt der kleinen Seejungfrau die Zunge ab; nun war sie stumm, konnte weder singen noch sprechen.

»Sollten die Polypen nach dir greifen, wenn du durch meinen Wald gehst«, sagte die Hexe, »so besprenge sie nur mit einem einzigen Tropfen von diesem Trank, dann zerspringen ihre Arme und Finger in tausend Stücke!« Aber das hatte die kleine Seejungfrau gar nicht nötig, die Polypen zogen sich erschrocken vor ihr zurück, als sie den schimmernden Trank erblickten, der in ihrer Hand leuchtete, als sei es ein funkelnder Stern. So kam sie schnell durch den Wald, das Moor und die brausenden Strudel.

Sie konnte ihres Vaters Schloß sehen; die Fackeln in dem

großen Tanzsaal waren erloschen; sie schliefen wohl alle da drinnen, aber sie wagte doch nicht, sie aufzusuchen, jetzt wo sie stumm war und sie für immer verlassen wollte. Es war, als sollte ihr Herz zerspringen vor Kummer. Sie schlich sich in den Garten, nahm eine Blume von jedem Blumenbeet der Schwestern, warf tausend Kußhände nach dem Schloß hinüber und stieg durch die dunkelblaue See empor.

Die Sonne war noch nicht aufgegangen, als sie des Prinzen Schloß sah und die prächtige Marmortreppe hinaufstieg. Der Mond schien so wunderbar hell. Die kleine Seejungfrau trank den brennend scharfen Trank, und es war, als gehe ein zweischneidiges Schwert durch ihren feinen Körper; sie ward ohnmächtig und lag wie tot da. Als die Sonne auf die See herabschien, erwachte sie und fühlte einen brennenden Schmerz, vor ihr aber stand der schöne, junge Prinz; er richtete seine kohlschwarzen Augen auf sie, so daß sie die ihren niederschlug; da sah sie, daß ihr Fischschwanz verschwunden war und daß sie die niedlichsten kleinen, weißen Beine hatte, die nur ein kleines Mädchen haben kann, aber sie war ganz nackt, darum hüllte sie sich in ihr dichtes, langes Haar. Der Prinz fragte, wer sie sei und wie sie hierhergekommen wäre, und sie sah ihn sanft und doch so traurig mit ihren dunkelblauen Augen an, sprechen konnte sie ja nicht. Da nahm er sie bei der Hand und führte sie in das Schloß hinein. Jeder Schritt, den sie tat, war, wie ihr die Hexe im voraus gesagt hatte, als träte sie auf spitze Nadeln und scharfe Messer, aber das ertrug sie gern; an des Prinzen Hand schritt sie so leicht einher wie eine Schaumblase, und er und alle andern wunderten sich über ihren lieblichen, schwebenden Gang.

Köstliche Kleider von Seide und Musselin bekam sie nun; im Schlosse war sie die Schönste von allen, aber sie war stumm und konnte weder singen noch sprechen. Schöne Sklavinnen, in Seide und Gold gekleidet, erschienen und sangen vor dem Prinzen und seinen königlichen Eltern; eine von ihnen sang schöner als alle andern, und der Prinz klatschte in die Hände und lächelte ihr zu. Da ward die kleine Seejungfrau traurig, sie wußte, daß sie selbst viel schöner gesungen hatte; sie dachte: »Ach, er sollte nur wissen, daß ich, um bei ihm zu sein, meine Stimme für alle Ewigkeit hingegeben habe!«

Nun tanzten die Sklavinnen in lieblichen, schwebenden Tänzen zu der herrlichen Musik, da erhob die kleine Seejungfrau die schönen, weißen Arme, richtete sich auf den Zehenspitzen auf und schwebte über den Fußboden hin, tanzte, wie noch niemand getanzt hatte; bei jeder Bewegung ward ihre Schönheit noch sichtbarer, und ihre Augen sprachen tiefer zum Herzen als der Gesang der Sklavinnen.

Alle waren entzückt darüber, namentlich der Prinz, der sie sein kleines Findelkind nannte, und sie tanzte mehr und mehr, obwohl es ihr jedesmal, wenn der Fuß die Erde berührte, war, als träte sie auf scharfe Messer. Der Prinz sagte, sie sollte immer bei ihm sein, und sie erhielt die Erlaubnis, draußen vor seiner Tür auf einem Sammetkissen zu schlafen.

Er ließ ihr eine Männerkleidung machen, damit sie ihn zu Pferd begleiten könnte. Sie ritten durch die duftenden Wälder, wo die grünen Zweige sie auf die Schulter klopften und die kleinen Vögel hinter den frischen Blättern sangen. Sie kletterte mit dem Prinzen auf die hohen Berge hinauf, und obgleich ihre zarten Füße bluteten, so daß die andern es sehen konnten, lachte sie nur darüber und folgte ihm, bis sie die Wolken unter sich segeln sahen, als seien sie ein Schwarm von Vögeln, die nach fremden Ländern zogen.

Daheim in des Prinzen Schloß, wenn des Nachts die andern schliefen, ging sie auf die breite Marmortreppe hinaus und kühlte ihre brennenden Füße in dem kalten Seewasser, und dann dachte sie an die da unten in der Tiefe.

Eines Nachts kamen ihre Schwestern Arm in Arm, sie sangen so traurig, während sie über dem Wasser schwammen, und sie winkte ihnen, und sie erkannten sie und erzählten, wie sie sie alle betrübt habe. Seither besuchten sie sie jede Nacht, und eines Nachts sah sie draußen in weiter Ferne die alte Großmutter, die seit vielen Jahren nicht über dem Meere gewesen war, und den Meerkönig mit seiner Krone auf dem Haupt; sie streckten die Hände nach ihr aus, wagten sich aber nicht so nahe an das Land hinan wie die Schwestern.

Tag für Tag ward sie dem Prinzen teurer, er hatte sie lieb, wie man ein gutes, liebes Kind liebt, aber sie zu seiner Königin zu machen kam ihm gar nicht in den Sinn, und seine Frau mußte sie werden, sonst bekam sie keine unsterbliche Seele, sondern würde an seinem Hochzeitsmorgen zu Schaum auf dem Meere werden.

»Liebst du mich nicht am meisten von ihnen allen?« schienen die Augen der kleinen Seejungfrau zu sagen, wenn er sie in seine Arme nahm und ihre schöne Stirn küßte.

»Ja, du bist mir die liebste«, sagte der Prinz, »denn du hast das beste Herz von ihnen allen, du bist mir am treuesten zugetan, und du gleichst einem jungen Mädchen, das ich einstmals sah, aber wohl niemals wiederfinden werde. Ich war auf einem Schiff, das strandete, die Wellen warfen mich ans Ufer bei einem heiligen Tempel, wo mehrere junge Mädchen den Dienst verrichteten; die Jüngste fand mich am Strande und rettete mir das Leben, ich sah sie nur zweimal; sie ist die einzige, die ich in dieser Welt lieben könnte, aber du gleichst ihr, du verdrängst fast ihr Bild aus meiner Seele; sie gehört dem heiligen Tempel an, und deshalb hat mein guter Stern dich mir gesandt, wir wollen uns niemals trennen!« – »Ach, er weiß nicht, daß ich ihm das Leben gerettet habe!« dachte die kleine Seejungfrau. »Ich trug ihn über das Meer zum Walde hin, wo der Tempel steht, ich saß hinter dem Meeresschaum und gab acht, ob keine Menschen kommen würden. Ich sah das hübsche Mädchen, das er mehr liebt als mich!« Und die Seejungfrau seufzte tief, weinen konnte sie nicht. »Das Mädchen gehört dem heiligen Tempel an, hat er gesagt, sie kommt niemals in die Welt hinaus, sie werden sich nicht wiedersehen, ich bin bei ihm, sehe ihn jeden Tag, ich will ihn pflegen, ihn lieben, ihm mein Leben opfern.«

Aber nun soll der Prinz heiraten und des Nachbarkönigs schöne Tochter zur Frau bekommen, erzählte man, darum rüste er ein so prächtiges Schiff aus. Der Prinz reise, um des Nachbarkönigs Länder zu besehen, heiße es freilich, aber es geschähe, um des Nachbarkönigs Tochter zu sehen, ein großes Gefolge werde er mitnehmen; aber die kleine Seejungfrau schüttelte den Kopf und lachte, sie kannte des Prinzen Gedanken weit besser als alle andern. »Ich muß reisen!« hatte er zu ihr gesagt. »Ich muß die schöne Prinzessin sehen, meine Eltern verlangen es, aber sie werden mich niemals zwingen, sie als Braut heimzuführen; ich kann sie nicht lieben, sie gleicht nicht der schönen Prinzessin im Tempel, der du gleichst; sollte ich einstmals eine Braut wählen, so würdest du es viel eher sein, mein stummes Findelkind mit den sprechenden Augen!« Und er küßte ihren roten Mund und spielte mit ihrem langen Haar und legte sein Haupt an ihr Herz, so daß es von Menschenglück und einer unsterblichen Seele träumte.

»Du fürchtest dich doch nicht vor dem Meer, mein stummes Kind!« sagte er, als sie auf dem prächtigen Schiff standen, das ihn in des Nachbarkönigs Länder führen sollte; und er erzählte ihr von Sturm und Windstille, von seltsamen Fischen in der Tiefe und was der Taucher gesehen hatte, und sie lächelte bei seiner Erzählung, sie wußte ja besser als irgend jemand Bescheid auf dem Grunde des Meeres.

In der mondhellen Nacht, wenn sie alle schliefen bis auf den Steuermann, der am Ruder stand, saß sie an der Reling des Schiffes und starrte hinab durch das klare Wasser, und es war ihr, als sähe sie ihres Vaters Schloß; oben darüber stand die alte Großmutter mit der silbernen Krone auf dem Haupte und starrte hinauf durch die reißenden Ströme empor zu des Schiffes Kiel. Da tauchten die Schwestern aus dem Wasser auf, sie starrten sie traurig an und rangen ihre weißen Hände, sie winkte ihnen, lächelte und wollte erzählen, wie gut es ihr ginge und wie glücklich sie sei, aber der Schiffsjunge näherte sich ihr, und die Schwestern tauchten wieder unter, so daß er glaubte, das Weiße, was er gesehen hatte, wäre Schaum auf dem Meere gewesen.

Am nächsten Morgen segelte das Schiff in den Hafen von des Nachbarkönigs prächtiger Stadt. Alle Kirchenglocken läuteten, und von den hohen Türmen wurden die Posaunen geblasen, während die Soldaten mit wehenden Fahnen und blinkenden Bajonetten dastanden. Jeder Tag brachte ein Fest. Bälle und Gesellschaften folgten einander, aber die Prinzessin war noch nicht da, sie würde weit von der Stadt entfernt in einem heiligen Tempel erzogen, sagte man, dort lerne sie alle königlichen Tugenden. Endlich traf sie ein.

Die kleine Seejungfrau war begierig, ihre Schönheit zu sehen, und sie mußte bekennen, daß sie eine liebreizendere Erscheinung noch niemals gesehen hatte. Die Haut war so fein und zart, und hinter den langen, dunklen Wimpern lächelten ein Paar schwarzblaue, treue Augen.

»Du bist es!« sagte der Prinz. »Du hast mich errettet, als ich einer Leiche gleich an der Küste lag!« Und er schloß seine errötende Braut in die Arme. »Ach, ich bin zu glücklich!« sagte er zu der kleinen Seejungfrau. »Das beste, das, was ich nie zu hoffen gewagt habe, ist mir in Erfüllung gegangen. Du wirst dich meines Glückes freuen, denn du liebst mich am meisten von ihnen allen!« Und die kleine Seejungfrau küßte ihm die Hand, und sie hatte ein Gefühl, als wenn ihr Herz schon jetzt bräche. Sein Hochzeitsmorgen würde ihr ja den Tod bringen und sie zu Schaum auf der See verwandeln.

Alle Kirchenglocken läuteten, Herolde ritten in den Straßen umher und verkündeten das Verlöbnis. Auf allen Altären brannte duftendes Öl in kostbaren silbernen Lampen. Die Priester schwangen die Räucherfässer, und Braut und Bräutigam reichten einander die Hand und empfingen den Segen des Bischofs. Die kleine Seejungfrau war in Gold und Seide gekleidet und trug die Schleppe der Braut, aber ihre Ohren hörten nicht die festliche Musik, ihre Augen sahen nicht die heilige Zeremonie: sie dachte an ihre Todesnacht, an alles das, was sie in dieser Welt verloren hatte.

Noch am selben Abend gingen Braut und Bräutigam an Bord des Schiffes, die Kanonen donnerten, alle Flaggen wehten, und mitten auf dem Schiff war ein königliches Zelt aus Gold und Purpur errichtet und mit den schönsten Kissen, dort sollte das Brautpaar in der stillen, kühlen Nacht schlafen.

Die Segel schwellten im Winde, und das Schiff glitt leicht und ohne große Bewegung über die klare See hin.

Als es dunkelte, wurden bunte Lampen angezündet, und die Seeleute tanzten lustige Tänze auf Deck. Die kleine Seejungfrau mußte an das erstemal denken, als sie aus dem Meer auftauchte und dieselbe Pracht und Freude sah, und sie wirbelte mit im Tanze herum, schwebend, wie die Schwalbe schwebt, wenn sie verfolgt wird, und alle jubelten ihr Bewunderung zu, nie hatte sie so schön getanzt; es schnitt wie mit scharfen Messern in die feinen Füße, aber sie fühlte es nicht; weit schmerzlicher schnitt es sie ins Herz. Sie wußte, daß es der letzte Abend war, an dem sie ihn sah, für den sie ihre Familie und ihr Heim verlassen, ihre schöne Stimme hingegeben und täglich unendliche Qualen erlitten hatte, ohne daß er es auch nur ahnte. Es war die letzte Nacht, in der sie dieselbe Luft einatmete wie er und das tiefe Meer und den sternenblauen Himmel sah; eine ewige Nacht ohne Denken und Träumen harrte ihrer, die keine Seele hatte und nie eine Seele gewinnen konnte. Und auf dem Schiff war alles Freude und Lustbarkeit bis weit über Mitternacht hinaus, sie lachte und tanzte, die Todesgedanken im Herzen. Der Prinz küßte seine schöne Braut, und sie spielte mit seinem schwarzen Haar, und Arm in Arm begaben sie sich zur Ruhe in das prächtige Zelt.

Es war still und lautlos auf dem Schiff, nur der Steuermann stand am Ruder, die kleine Seejungfrau legte ihre weißen Arme auf die Reling und sah gen Osten der Morgenröte entgegen, der erste Sonnenstrahl, das wußte sie, würde sie töten. Da sah sie ihre Schwestern aus dem Meere aufsteigen, sie waren bleich wie sie; ihr langes schönes Haar flatterte nicht mehr im Winde, es war abgeschnitten.

»Wir haben es der Hexe gegeben, damit sie dir Hilfe bringen soll, daß du in dieser Nacht nicht stirbst! Sie hat uns ein

Messer gegeben, hier ist es! Siehst du, wie scharf es ist? Ehe die Sonne aufgeht, mußt du es in das Herz des Prinzen stoßen, und wenn dann sein warmes Blut auf deine Füße spritzt, da wachsen sie zu einem Fischschwanz zusammen, und du wirst wieder eine Seejungfrau, kannst zu uns in das Wasser hinabsteigen und deine dreihundert Jahre leben, ehe du zu dem toten, salzigen Meeresschaum wirst. Beeile dich, er oder du mußt sterben, ehe die Sonne aufgeht. Unsere alte Großmutter trauert, so daß ihr weißes Haar ausgefallen ist, wie das unsere unter der Schere der Hexe fiel. Töte den Prinzen und kehre heim! Beeile dich; siehst du den roten Streifen am Himmel? In wenigen Minuten geht die Sonne auf, und dann mußt du sterben!« Und sie stießen einen wunderlich tiefen Seufzer aus und versanken in den Wogen.

Die kleine Meerjungfrau zog den Purpurteppich vor dem Zelt zurück, und sie sah die schöne Braut mit ihrem Kopf an des Prinzen Brust schlafen; und sie beugte sich hinab und küßte ihn auf seine schöne Stirn, sah zum Himmel empor, wo die Morgenröte mehr und mehr leuchtete, sah das scharfe Messer an und richtete wieder die Augen auf den Prinzen, der im Traume seine Braut bei Namen nannte, nur sie lebte in seinen Gedanken; und das Messer zitterte in der Hand der Meerjungfrau – da aber warf sie es weit hinaus in die Wellen, die erglänzten rot, wo es hinfiel, es sah aus, als quöllen Blutstropfen aus dem Wasser auf. Noch einmal sah sie mit halbgebrochenem Blick den Prinzen an, stürzte dann vom Schiff ins Meer hinab, und sie fühlte, wie sich ihr Körper in Schaum auflöste.

Jetzt stieg die Sonne aus dem Meere auf, die Strahlen fielen so sanft und warm auf den kalten Meeresschaum, und die kleine Seejungfrau fühlte nichts vom Tode, sie sah die helle Sonne, und oben über ihr schwebten Hunderte von durchsichtigen, schönen Wesen; durch sie hindurch konnte sie die weißen Segel des Schiffes sehen und des Himmels rote Wolken, ihre Stimmen waren Melodie, aber so vergeistigt, daß keines Menschen Ohr sie hören wie auch kein irdisches Auge sie sehen konnte; ohne Flügel schwebten sie kraft ihrer eigenen Leichtigkeit durch die Luft. Die kleine Seejungfrau sah, daß sie einen Körper gleich dem ihren hatte, er hob sich mehr und mehr aus dem Schaum empor.

»Wo komme ich hin?« fragte sie, und ihre Stimme klang wie die der andern Wesen so vergeistigt, daß keine irdische Musik es wiederzugeben vermag.

»Zu den Töchtern der Luft!« antworteten die andern. »Die Seejungfrau hat keine unsterbliche Seele, kann nie eine bekommen, es sei denn, daß sie die Liebe eines Menschen gewönne! Von einer fremden Macht hängt ihr ewiges Leben ab. Auch die Töchter der Luft haben keine ewige Seele, aber sie können sich durch gute Handlungen selbst eine schaffen. Wir fliegen nach den warmen Ländern, wo die schwüle Pestluft die Menschen tötet; dort fächeln wir Kühlung zu. Wir verbreiten den Duft der Blumen in der Luft und spenden Erquickung und Heilung. Wenn wir uns dreihundert Jahre hindurch bestrebt haben, das Gute zu tun, was in unsern Kräften steht, dann bekommen wir eine unsterbliche Seele und nehmen teil an dem ewigen Glück der Menschen. Du arme, kleine Seejungfrau hast mit deinem ganzen Herzen das gleiche erstrebt. Wie wir, so hast du gelitten und geduldet und hast dich zu der Welt der Luftgeister emporgeschwungen, nun kannst du dir selbst nach dreihundert Jahren durch gute Werke eine unsterbliche Seele schaffen.«

Und die kleine Seejungfrau hob ihre durchsichtigen Arme

zu Gottes Sonne empor, und zum erstenmal fühlte sie Tränen. – Auf dem Schiffe war wieder Leben und Lärmen, sie sah den Prinzen mit seiner schönen Braut nach ihr suchen, wehmütig starrten sie in den perlenden Schaum hinab, als wüßten sie daß sie sich in die Wellen gestürzt hatte. Unsichtbar küßte sie die Stirn der Braut, lächelte ihm zu und stieg mit den andern Kindern der Luft empor zu der rosenroten Wolke, die durch die Luft dahinzog.

»In dreihundert Jahren schweben wir so in Gottes Reich hinein!«

»Auch schon früher können wir dahin gelangen!« flüsterte eine. »Unsichtbar schweben wir in die Häuser der Menschen, wo Kinder sind, und für jeden Tag, an dem wir ein gutes Kind finden, das seinen Eltern Freude macht und ihre Liebe verdient, verkürzt Gott unsere Prüfungszeit. Das Kind weiß nicht, wann wir durch das Zimmer fliegen; und wenn wir dann vor Freude über das Kind lächeln, so wird ein Jahr von den dreihundert abgerechnet; sehen wir aber ein unartiges und böses Kind, so müssen wir Tränen der Trauer weinen, und jede Träne legt unserer Prüfungszeit einen Tag zu!«

Kurt Tucholsky

Rheinsberg

Ein Bilderbuch für Verliebte

Seinen eigentlichen Anfang nahm das Abenteuer erst, als sie in Löwenberg ausstiegen. Der D-Zug ruhte lang und dunkel in der Halle unter dem Holzdach – sie durchschritten einen Tunnel, oben, in hellem Sonnenlicht, stand die Kleinbahn, wie aus Holz gefügt, steif und verspielt.

Sie stiegen ein.

»Claire?«

»Wolfgang?«

»Diese Bahn scheint noch lange hier zu stehen ... machen wir einen kleinen Spaziergang?«

»Setz dich hin und falte die Hände! Sie geht gleich ab.«

Der Zug ruckte und ruckelte sich gemächlich durch Salatgärten, Hofmauern. Der Horizont flimmerte blendend weiß ... War es eine Schönheit, diese Landschaft? – Nein: da standen Baumgruppen, durch nichts ausgezeichnet, das Land wurde wellig in der Ferne, versteckte ein Wäldchen und zeigte ein anderes – man freute sich im Grunde, daß alles da war ... Das Maschinchen schnob und klingelte zornig, durch den staubigen Rauch hindurch klingelte es melodisch, wie eine läutende Kirchturmsglocke bei Sturm.

»Wolf, den Reiseführer!«

Sie hatten ihn im D-Zug liegen lassen – er hatte ihn im D-Zug liegen lassen. Sie hielten, mitten im Walde, auf der Strecke. Die Köpfe heraus; die Beamten waren zurückgelaufen, hatten Schaufeln mitgenommen: die Lokomotive mußte Funken ausgeworfen haben, ein kleiner Brand war entstanden …

»Ich will mitlöschen!«

Er kugelte den sandigen Abhang herunter; die Reisenden lachten. Oben stand Claire und verdrehte die Augen.

»Du mußt ja …!«

Er kam zurück, ganz bestaubt, lächelnd, glücklich. Er hatte sich wieder einmal betätigt. Die Beamten kamen, stiegen auf, der Zug ruckte an …

»Eigentlich …«

»Na?«

»Ich finde es heiter. Denk mal, mein Papa und mein' Mama sitzen jetzt im Kontor, fahren in der Stadt herum und glauben ihr Töchterchen wohlgeborgen im Schoße der treusorgenden Freundin. Hingegen …«

»Hingegen …?«

»Na, ja, treusorgen sorgst du ja für mich …«

Der Jäger nebenan hatte schon lange in sich hineingelacht. Er saß da, grün, bepackt, schwer und braungebrannt. Man hatte, wenn man ihn sah, die Empfindung von ganz frühen, feuchten Morgen, ein Mann tappt durch den halbdunklen Wald, es riecht kräftig und gut … Das kleine, runde Loch der Büchse guckte unheilverkündend, schwarz und dunkel in die Luft: kleine Kugeln werden herausfliegen, das Reh, auf das es morgen gerichtet wird, lief vielleicht jetzt gerade mit seinen Gefährten zur Quelle, trank und war zierlich im

Walde verschwunden ... Der Jäger stand auf, stopfte sich eine Pfeife und sagte beim Herausgehen: »Schonzeit, junger Mann, Schonzeit!« – und trampfte lachend davon.

Das Coupé war erfüllt von ihrem Schreien, das die rumpelnden und klirrenden Geräusche übertönen sollte.

Man verständigte sich nur schwer:

»... Sonne weit über das Land ...«

»... wie? Sonne reit' über das Land? ...«

»... nein ... Sonne weeiit ... Land ... Seh mal: 'ne Akazie! 'ne blühende Akazie, lauter blühende Akazien!«

»Is gar keine, is 'ne Magnolie!«

»Hach! Also wer weiß denn von uns beiden in der Botanik Bescheid? Ich oder ich?«

»'ne Magnolie is es.«

»Meine Liebe, ich müßte bedauern, es mit einem kräftig geführten Schlag gegen Sie nicht bewenden lassen zu können. Alle Wesensmerkmale der Akazie deuten auch bei diesen Bäumen auf eine solche hin.«

»Is aber 'ne Magnolie.«

»Herr Gott, Claire! Siehst du denn nicht diese typisch ovalen Blätter, die weißen, kleinen, traubenförmigen Blütenstiele! – Mädchen!«

»Aber ... Wölfchen ... wo es doch 'ne Magnolie is ...«

Sie erstickte in Küssen.

Dann galt es noch eine Bauersfrau nachzuahmen, die auf der letzten Station hochgeschürzt und breitbeinig stehengeblieben war, um sich vermittels ihres zweiten Unterrocks zu schneuzen. Claire erwies sich hierbei als geschickt und brauchbar.

Endlich kamen sie aber doch an.

Es zeigte sich, daß das Hotel, das sich schon durch einen

Anschlag im Zuge als altbekannt und mit einer gepflegten Küche versehen angepriesen hatte, durch einen Wagen, zwei Pferde und einen Bediensteten vertreten war. Dieser Mann mußte die Gepäckstücke holen, die man in Berlin sorgfältig aufgegeben hatte: zwei winzig kleine Köfferchen. Sie wurden verladen; die Reisenden stiegen ein. Sie rutschten auf den schwarzen, hier und da ein wenig aufgeplatzten Wachstuchkissen der Sitze herum; die Fenster klirrten, die beiden machten sich durch weitausladende Handbewegungen verständlich. Der Wagen war leer, die Chaussee staubig und öde. Einige hundert Meter saßen sie manierlich, aber schon an der Ecke, die das Anwesen des Gütlers Johannes Lauterbach und das der Post bilden, lagen sie in lautem Hader, wessen Koffer durch seine Kleinheit am meisten Verdacht erregen werde. Sie nannten diese Reisegegenstände »Segelschweine«, und die Claire rang die Hände, Wolf sei ein Schandfleck. Sie, ihrerseits, wahre das Dekorum. Sie schwatzten fortwährend, die Claire am heftigsten. Ihr Deutsch war ein wenig aus der Art geschlagen. Sie hatte sich da eine Sprache zurechtgemacht, die im Prinzip an das Idiom erinnerte, in dem kleine Kinder ihre ersten lautlichen Verbindungen mit der Außenwelt herzustellen suchen; sie wirbelte die Worte so lange herum, bis sie halb unkenntlich geworden waren, ließ hier ein »T« aus, fügte da ein »S« ein, vertauschte alle Artikel, und man wußte nie, ob es ihr beliebte, sich über die Unzulänglichkeit einer Phrase oder über die andern lustig zu machen. Daß sie Medizinerin war, wie sie zu sein vorgab, war kaum glaubhaft, jedoch mit der Wahrheit übereinstimmend. Sie spielte immer, gab stets irgendeiner lebenden oder erdachten Gestalt für einige Augenblicke Wirklichkeit ...

Der Wagen hielt. Während sie ausstiegen:

»Paß auf, Frauchen, wo ist der Koffer mit dem falschen Geld? – Ah da ...«

Der Hausknecht ließ den Mund weit offen stehen, sperrte die Augen auf ...

Freundlich geleitete sie der alte Wirt in ein Zimmer des ersten Stockwerks. Es war kahl, einfach, blumig tapeziert. Holzbetten standen darin, ein großer Waschtisch, eine Vase mit einem künstlichen Blumenstrauß – an der Wand hingen zwei Pendants: »Eroberung Englands durch die Normannen«, und in gleichartigem Rahmen und symmetrisch aufgehängt »Großpapachens 70. Geburtstag«. Die Tür schloß sich, sie waren allein.

»Claire?«

»Wolfgang?«

»Jetzt weiß ich nicht, sollte ich den Kofferschlüssel zu Hause vergessen haben ...?«

»My honey-suckle«, und sie drückte ihm einen heftigen Kuß auf den Mund, während ihr Gesicht rachsüchtig und boshaft erglänzte, und stieß ihn von sich:

»Och, der kleine Jungchen muß ja alles vergess' – psch, psch, psch ...« Und man wußte nicht, ob diese Töne eine wiegende Mutter nachahmten oder ganz etwas anderes.

»Pack aus, mein Hulle-Pulle!« –

Schwer seufzend packten sie aus, räumten ein.

»Ja, ich bin nu so weit. Jetzt frisiere ich mich, un denn gehe ich spaziers. Un du?«

»Das überlasse du nur mir; es wird dir dann seinerzeit das Nötige mitgeteilt werden.«

Der Stil war im großen und ganzen einheitlich verzerrt.

Sie sagten sich häufig Dinge, die nicht recht zueinander paßten, nur um diese oder jene Redewendung anbringen zu können, den andern zu irritieren, sein Gleichgewicht zu erschüttern … Sie gingen herunter …

Da war der Marktplatz, der mit alten, sehr niedrigen Bäumen bepflanzt war, schattig und still lag er da. Sie schritten durch ein schmiedeeisernes Tor in den Park. Hier war es ruhig. In dem einfachen weißen Bau des Schlosses klopfte ein Handwerker. Sie gingen durch den Hof wieder in den Park, wieder in die Stille …

Noch brausten und dröhnten in ihnen die Geräusche der großen Stadt, der Straßenbahnen, Gespräche waren noch nicht verhallt, der Lärm der Herfahrt … der Lärm ihres täglichen Lebens, den sie nicht mehr hörten, den die Nerven aber doch zu überwinden hatten, der eine bestimmte Menge Lebensenergie wegnahm, ohne daß man es merkte … Aber hier war es nun still, die Ruhe wirkte lähmend, wie wenn ein regelmäßiges, langgewohntes Geräusch plötzlich abgestellt wird. Lange sprachen sie nicht, ließen sich beruhigen von den schattigen Wegen der stillen Fläche des Sees, den Bäumen … Wie alle Großstädter bewunderten sie maßlos einen einfachen Strauch, überschätzten seine Schönheit und ohne das Praktische aller sie umgebenden ländlichen Verhältnisse zu ahnen, sahen sie die Dinge vielleicht ebenso einseitig an, wie der Bauer – nur von der andern Seite. Nun, hier in Rheinsberg erforderten die Gegenstände nicht allzuviel praktische Kenntnis, man war ja nicht auf einem Gut, das bewirtschaftet werden sollte. – Sie kamen an den Rand eines zweiten Sees, an eine Bank. Stille …

»Wolfgang?«

»Claire?«

»Glaubssu, daß es hier Bärens gibs? Eine alte Tante von mir is beinah mal von einem …«

»… von einem Bären zerrissen worden?«

»Nein.« Sie war ganz empört. »Habe ich das gesagt? – Ich meinte nur … Aber, du – beschützs mich doch, ja?«

»Ich schwöre dir …«

»Hm.«

Wieder war es sehr still. Die Claire saß da und sah sehr bestimmt in das schmutzig-grüne Wasser.

»Also paß mal auf. Warum ist hier nicht überall der zweite Friedrich? So wie er in Sanssouci überall ist. Auf jedem geharkten Weg, an jedem Boskett, hinter jeder Statue? – Hier hat er gelebt. Gut. Wüßtest du es nicht, würdest du es merken?«

»Nein. Vielleicht muß man älter, machtvoller sein, um die Welt sich zu formen nach seinem Ebenbilde … Wer ist heute so wie der Alte war? – Sehen unsere Wohnungen aus, wie wenn sie nur und ausschließlich dem Besitzer gehören könnten? Ein Specht, siehst du ein Specht!«

»Wölfchen, es ist kein Specht. Es ist eine Schleiereule.«

Er stand auf. Mit Betonung:

»Ich habe ein außerordentlich feines Empfinden dafür, ich vermute, du bist gewillt, dich über mich lustig zu machen. Wird diese Vermutung zur Gewißheit, so schlage ich dich nieder.«

Ihr Gelächter klang weit durch die Fichten.

Das Schloß! – Das Schloß mußte besichtigt werden. Man schritt hallend in den Hof und zog an einer Messingstange mit weißem Porzellangriff. Eine kleine Glocke schepperte.

Ein Fenster klappte: »Gleich!«– Eine Tür oberhalb der kleinen Stiege öffnete sich, und es kam nichts, und dann tappte es, und dann schob sich der massige Kastellan in den Hof. Als er der Herrschaften ansichtig wurde, tat er etwas Überraschendes. Er stellte sich vor. »Mein Name ist Herr Adler. Ich bin hier der Kastellan.« Man dankte geehrt und präsentierte sich als Ehepaar Gambetta aus Lindenau. Historische Erinnerungen schienen den dicken Mann zu bewegen, seine Lippen zuckten, aber er schwieg. Dann:

»Nu kommen Sie man hier hinten rum, – da ist es am nächsten.« –

Und schloß eine bohlene Tür auf, die in einen dunklen Steinaufgang hineinführte. Sie kletterten eine steile Treppe mühsam herauf. Oben, in einem ehemaligen Vorzimmer, lagen braune Filzschuhe auf dem Boden, verstreut, in allen Größen für Groß und Klein, zwanzig, dreißig – man mochte an irgendein Märchen denken, vielleicht hatte sie eine Fee hierher verschüttet, oder ein Wunschtopf hatte wieder einmal versagt und war übergelaufen ...

Die Claire behauptete: *So* kleine gäbe es gar nicht. –

»Ih«, sagte Herr Adler, »immer da rein; wenn sie auch ein bißchen kippeln, des tut nichts.«

Er aber war nicht genötigt, solche Schuhe anzuziehen, weil er von Natur Filzpantoffeln trug.

Die Zimmer, durch die er sie führte, waren karg und enthaltsam eingerichtet. Steif und ausgerichtet standen Stühle an den Wänden aufgebaut. Es fehlte jene leise Unregelmäßigkeit, die einen Raum erst wohnlich erscheinen läßt, hier stand alles in rechtem Winkel zueinander ... Herr Adler erklärte:

»... und düs hier sei das sogenannte Prinzenzimmer, und

in diesem Korbe habe das Windspiel geschlafen. Das Windspiel – man wisse doch hoffentlich ...?«

»Zu denken, Claire, daß auch durch deine Räume einst Liebende der Führer mit beredtem Munde leitet« ...

»Gott sei Dank! Konnt er ja! Bei uns war es pikfein.«

Und dann sagte Herr Adler, dies seien chinesische Vasen, und dieselben hätte der junge Graf Schleuben von seiner Asienreise mitgebracht.

Aber hier – man trat in ein anderes höheres Zimmer – hier sei der Gemäldesaal. Die Bilder habe der berühmte Kunstmaler Pesne gemalen, und die Bilder seien so vorzüglich gemalen, daß sie den geehrten Besuchern überall hin mit den Augen folgten. Man solle nur einmal die Probe machen! Herr Adler gab diese Fakten stückweis, wie ein Geheimnis, preis. Es war, als wundere er sich immer, daß seine Worte auf die Besucher keine größere Wirkung machten. – Herrgott, die Claire! – Sie begann den Kastellan zu fragen. Wolfgang wollte sie hindern, aber es war schon zu spät. –

»Sagen Sie mal, Herr Adler, woher wissen Sie denn das alles, das mit dem Schloß und so?«

Herr Adler leitete sein Wissen von seinem Vorgänger, dem Herrn Breitriese, her, der es seinerseits wieder von dem damaligen Archivar Brackrock habe. –

»Und dann, was ich noch fragen wollte, Herr Adler, hat es hier wohl früher ein Badezimmer gegeben?«

»Nein, aber *wir* haben eins unten, wenn es Sie interessiert ...«

Sie dankten. Herr Adler, der noch zum Schluß auf eine Miniatur, ein Geschenk der Großfürstin Sofie von Rußland, hingewiesen hatte, verfiel plötzlich in abruptes Schweigen.

Und erst nachdem das Trinkgeld in seiner Hand klingelte, blickte er zum Fenster hinaus und sagte, ein wenig geistesabwesend: »Dies ist ein ehrwürdiges Schloß. Sie werden die Erinnerung daran Ihr ganzes Leben bewahren. Im Garten ist auch noch die Sonnenuhr sehenswert.«

Claire unterließ es nicht, Wolf ein wenig zu kneifen, und an der blumenkohlduftenden Kastellanswohnung vorbei schritten sie hinaus, ins Freie.

Am Nachmittag fuhren sie auf dem See herum. Er ruderte, und sie saß am Steuer, während sie dann und wann drohte, sie werde ihre graue, alte Familie unglücklich machen, sie habe es nunmehr satt und stürze sich ins Wasser. Er werde sowieso bald umwerfen. Nein – sie landeten an einer kleinen Insel. Ein paar Bäume standen darauf. Sie lagerten sich ins Gras ... Ein kühler Wind strich vom See herüber. Die Uferlinien waren unendlich fein geschwungen, die hellblaue Fläche glänzte matt ...

»Sehssu, mein Affgen, das is nu deine Heimat. Sag mal: würdest du für dieselbe in den Tod gehen?«

»Du hast es schriftlich, liebes Weib, daß ich nur für dich in den Tod gehe. Verwirre die Begriffe nicht. Amor patriae ist nicht gleichzusetzen mit der ›amor‹ als solcher. Die Gefühle sind andere.«

»Nun, ich bescheide mich.«

Und, nach einem langen Träumen in den hellen Himmel –, er war so hell, so hell, daß die blitzenden Funken vor den Augen tanzten, sah man lange hinein –:

»Wölfchen, du hast doch niemalen eine andere geliebt, vor mir?«

»Nie!«

Es prickelte, so über die Sehnsucht der Bürger zu spotten, über das, was sie Liebe nannten, über ihre Gier, stets der erste zu sein ... Sie waren beide nicht unerfahren.

Stimmen kamen, Ruderboote, Familien, die hier zu einem Picknick landen wollten. Riesige, blecherne Vorratskörbe bedrohten wie Geschütze das Lager der Friedlichen ... Auf und davon! –

Mitten im See: »Söh mal, du muß mir auch ma rudern gelaß gehabt haben –! Mich möcht diß auch mal – buh.«

»Bitte, rudere!«

Sie wechselten, das Boot schwankte.

Die Claire ruderte. Es war eine Freude. Einmal verlor sie beide Ruder. Er mußte mit dem Stock rudern. Endlich fingen sie die Hölzer wieder, die weitab auf dem Wasser getrieben hatten.

»Ich kann es sehr schön. Ich konnt ja auch mal ohne Ruder – ja, konnt ich! Lach nich, du Limmel! Hab ich fürleichs nicht recht, na!«

Und ruderte, daß sie prusten und keuchen mußte, wie eine kleine asthmatische Dampfmaschine. Die Sonne ging schon unter, als sie anlegten.

Er bezahlte. Die Claire schwätzte mit der Bootsverleiherin. Er hörte gerade:

»So – also ein kräftiger Menschenschlag ist hier, wie?«

»Tje Fröln, *wir* vertobaken uns Jungen ja nich schlecht!«

Sie lachten noch, als sie am Hotel waren.

Wie friedlich dieser Abend war; sie saßen unter den niedrigen dunklen Bäumen und warteten auf das Essen.

»Claire?«

»Wolfgang?«

»Mir ist so ...«

»Gut so, mein Junge.«

»Nein! Spaß beiseite, mir ist mit dem Magen nicht recht.«

»Das ist Cholera. Wart, bis du was zu essen bekommst.«

»Nein, hör doch, ich hab so ein Gefühl, so leer, so ...«

»Typisch. Das ist geradezu – bezeichnend ist das. Du stirbs, Wölfchen.«

»Die richtige Liebe deinerseits ist das auch nicht! Erst lasse ich dich auf Medizin studieren, und jetzt willst du nich mal durch dein Hörrohr kucken.«

»Ach Gott, nicht wahr, was heißt denn hier überhaupt! – Nicht wahr? – Wer denn schließlich ...«

Aber sie ging doch mit zur Apotheke, die hellbraun und ganz modern sachlich eingerichtet war; weiße Büchsen und Töpfe aus Porzellan reihten sich auf Borden, ein leichter Baldriangeruch durchzog die Räumlichkeiten. Hier händigte man dem Kranken nach eingehender Rücksprache und leutseligem Reden an den Provisor eine kleine Flasche mit einer dunkelbraunen Flüssigkeit ein. Sie half. Gott sei Dank.

Dann aßen sie, und nach Tisch rauchte die Claire. Drüben am Haus saßen die Herren, die jeder Zugereiste als Honoratioren zu bezeichnen pflegt. Juristen, Beamte, der Apotheker, der durch Bruch des Berufsgeheimnisses mit Hinweis auf die beiden der kleinen Runde fettes Gelächter entlockte.

»Prost, Wolf, auf die Alten!«

»Auf die Alten!«

Die Gläser klangen, und drüben die Gäste, die in langer Tischreihe am beleuchteten Haus speisten, blickten herüber. Die Claire blies Ringe.

»Es ist eine maßlose Frechheit«, entschied sie.

»Hm?«

»Hierher zu fahren. Wenn das niemand merkt! Aber es merks niemands – paß mal auf, es merks niemand.«

»Ne quis animadvertat! Prost.«

»Weißt du, lieber reise ich mit einem Flohzirkus wie mit dir.«

»Als, Claire, als mit dir.«

»Ach Gott, konnste auch besser mir nicht zu bekorrigieren zu gebrauchs gehabs habs! Ich spreche dir das schiere Hochdeutsch!«

»Hm. – Eingeweihte wissen davon Kantaten zu singen. Trinkst du noch was?«

»Ob ich noch wen trinke? – Nö.«

»Ich finde, wir gehen noch ein bißchen, hä?«

Sie schlenderten durch den dunklen Ort. Nach langen, schwarzen Häuserstrecken kam eine Bogenlampe, umschwirrt von surrenden braunen Flecken. Insekten, die durchaus in das Licht gelangen wollten.

»Claire?«

»Wölfchen?«

»Die Tiere da oben, siehst du?«

»Ja.«

»So auch der Mensch.«

Sie blieb stehen.

»Wieso … bitte?«

»Wie jene Lebewes …«

»Bitte – was hier zu symbolisieren is, symbolisier ich mir alleine. Überhaupt mußt du schlafen gehen. Du sprichst ja schon ganz … anders. Soll ich dir aufs Aam nehmen?«

»Buhle!«

An dunklen Fensterläden kamen sie vorbei und an langen Mauern; hinter rötlich beleuchteten Gardinen saßen Familien und spielten Karten … Einmal traten sie in einen Hof, stolperten über Pflastersteine und blickten durch ein Fenster in einen Saal.

Drinnen spielten sie Theater.

Von der Bühne sah man nur einen kleinen, gelben, hellen Winkel; aber man hörte alles. »Hoho«, sagte eine überlaute Frauenstimme im Alt, »da werden wir meinen Schwager fragen müssen. Ah, da kommt er ja …«

Das Publikum schnaufte und zuckte wie eine vielköpfige Bestie im Dunkel. Man sah Schultern sich bewegen, Köpfe sich hin- und herwenden …

»Himmel, der Fritz«, kreischte jemand auf der Bühne, und die Menge der Theaterbesucher lachte, ihre Körper tauchten auf und nieder, man murmelte …

»Wie merkwürdig«, sagte Wolfgang, »draußen ist es totenstill, der Mond scheint, und hier drinnen spielen sie ein Scheinleben. Und wir kommen hinzu, wissen nichts von den Voraussetzungen des ersten Akts und bleiben ernst.«

Es war still, der hell erleuchtete Winkel der Bühne blieb leer; einer mußte wohl eine zum Lachen reizende Geste gemacht haben, denn jetzt lachten die Frauen hell kreischend, während die Männer beifällig grunzten. Sie beugten sich weiter vor, man konnte undeutlich und durch das Fensterglas verschoben den übrigen Teil der Bühne erkennen, der eine Zimmereinrichtung mit gelber Tapete und gemalten Einrichtungsgegenständen darstellte; ein Mann in grüner Schürze hielt dort oben Zwiesprache mit einer robusten Weibsperson in den Vierzigern. Als Souffleurkasten diente ein alter Strandkorb. Sie hörten die beiden sagen:

»So, Er soll hier reinemachen (in der Tat hielt der Mann einen Besen in der Hand), und statt dessen scharwenzt Er mit den Mädels! Paß Er nur auf, Er Liederjahn.« – Hier kicherte das Publikum. – »Ich werde Ihm die Suppe schon versalzen. Hier und hier und da und da!«

Das Publikum lachte: »Hoho!« und oben bekam der Mann, der bis dahin mit gutgespielter Teppenhaftigkeit den Kopf beflissen-horchend geneigt hielt, einige patschende Schläge ins Gesicht ... In diesem Augenblick trat ein junges Mädchen auf die Bühne, und hier nahm die Heiterkeit des Publikums einen so beängstigenden Grad an, daß die beiden unwillkürlich vom Fenster zurückfuhren.

»Der erste Akt!« seufzte er. »Uns fehlt der erste Akt!«

»So ein kleiner Junge, will sich das Theater besehens! Marsch zu Bett!«

Und sie gingen.

Als sie die Treppe hinaufkletterten, hörten sie noch das lachende Lärmen der angeregten Honoratioren.

»Claire, belustigen sich die ackerbautreibenden Bürger über uns? – Ich bin fürchterlich in meiner Wut.«

»Ja, mein Jungchen. Nu geh man zu Bett.«

Ihre großen, breitschultrigen Schatten tanzten an der Wand, weil die Kerzenflamme tanzte ... Die Claire stand vor dem Spiegel und löste ihre Haare auf.

»Wölfchen, paß ma auf; da war ich noch 'n kleiner Mädchen, un da bin ich bei meine Freundin, die Alice, gegangen – heb mir doch mal die Nadel auf! – und da war ein Herr, wie er hieß, weiß ich nicht mehr, und der hat gesagt, mein Haar ist wie aus Seide gesponnen. Ja.«

»Na – und –?«

»Nüchs.«

Die Claire liebte es, Geschichten zu erzählen, die, ohne Pointe, kleine, anspruchslose Begebenheiten ihrer Kindheit enthielten. Sie verlangte, daß man sie sich oft anhöre, und wurde zornig erregt bei dem Einwand, man kenne dies.

»Du bist gar nicht freundlich zu mir. Du liebst mich nicht mehr.«

Einem seelischen Chamäleon gleich, bot sie nun den Anblick einer Liebeskranken. Der Mund war schmerzlich verschoben, der Oberkörper leicht geneigt, die Hände krampften sich.

»Ich meinerseits liege im Bett«, sagte er. Die Kerzenflamme verlosch ...

Unten schwatzte das Wirtshauspublikum. Man hörte, wie der Wirt seinen Rundgang bei den Tischen veranstaltete:

»Nun, auch die Frau Schwester wieder gesund? – Ja, ja, so geht's. Hat es den Herrschaften geschmeckt? Ja ...«

Oben aber sagte die Claire gedankenvoll, langsam:

»Ich möcht dir nu nehmen und einem in sein Gulasch werfen. Seh mal, er wundert sich bestimmt, wie –?«

Aber dann schwieg sie.

In der Nacht wachte er auf. Vorsichtig bauschte er den Vorhang, der weiß und faltig am Fenster leise vom Nachtwind bewegt war. Der Mond gespensterte in den Bäumen, ein Obelisk stand seitwärts drohend da und warf einen scharfen Schatten. Das Laub rauschte auf. Warum reagieren wir darauf wie auf etwas Schönes, fühlte er. Es ist doch nur ein durch Schallwellen fortgepflanztes Geräusch ... Und überließ sich gleich darauf willenlos diesem ruhigen Rauschen, das ein wenig traurig war, aber Hohes ahnen ließ und die Brust weiter machte ... Er fuhr herum. Eine ganz verschlafene Kinderstimme sagte unter einem Wasserfall von Haaren:

»Is niemand in mein klein Bettchen, und soll aber jemand da sein, und Klein-Clärchen is ganz allein ...«

Er trug sie zurück.

Als er früh am Morgen vom Friseur zurückkam, war die Claire am Aufstehen. Es war das so eine Sache: die erste Viertelstunde pflegte sie mit feiner Stimme ein entzückend klingendes Gemurmel zu stammeln, unzusammenhängende Silben hervorzubringen und in den verschiedensten Nachahmungen von Tierstimmen zu paradieren. Kaum hatte er die Tür hinter sich zugezogen, so begrüßte ihn das Winseln und Mauen einer neugeborenen Katze.

»Aufstehen! Claire! Aufstehen! Alle Leute sind schon nach Tisch.«

Man mußte ein wenig übertreiben – es half sonst nichts.

»Buh!«

»Ja, ich weiß. Komm!«

Und zog ihr die Bettdecke fort.

Später:

»Wölfchen, zieh ich nu das Grüne oder das Weiße an?«

»Hm, welches möchtest du denn gerne anziehen?«

»Das ... das weiß ich nicht. C'est pourquoi ich dich frage.«

»So zieh denn das Weiße an.«

»Schön. Was *dieser* Junge mich tyrannisiert, das ist nicht zu sagen. Haach!«

Pause.

»Wolfgang?«

»Claire?«

»Meinst du würklich, daß ich das Weiße anziehen soll? Seh mal ... ich meine, mit den Fleckens un so ...«

»Also: das Grüne.«

»Schön.«

Nach einer kleinen Weile:

»Ja, haber – ich möchte doch aber gern ...«

»Was möchst du gern?«

»Das Grüne –»

»Aber ich sage dir ja, zieh's an!«

»Ja ... aber ... wenn du's mir sagst, macht's mir gar keinen Spaß. Du mußt sagen: Zieh's nich an, mußt du sagen, oder: zieh das Weiße an, tja.«

Und bevor er sich noch erholt hatte, fing sie an, ein wundervolles Gezänk von sich zu geben, nach Art gewisser Frauen, die sich beleidigt glauben und ihren Gefühlen auch dem Dienstmädchen gegenüber keinen Hehl zu machen pflegen. Das Ganze paßte nicht recht her, aber sie war im Zuge, da war nichts zu machen.

»So? – Also in *meinem* Hause lasse ich mir das nicht sagen, ich nicht! Sie stauben meine kostbaren Seidenmöbel nicht ab, Sie ... Geschöpf! – Aber mein Mann, der Bergassessor ...«

Er floh. Noch auf dem Korridor hörte er sie wie einen Schusterjungen pfeifen.

Auf den Kaffeetisch schien die Sonne: hier roch es stark und ländlich nach Milch, Butter und einer frischgewaschenen Decke. Bienen und dicke Fliegen schwammen in einem alten Honigglas, das der vorsorgliche Wirt mit Zuckerwasser gefüllt hatte.

Sie kam herunter, eine Weile sprachen sie nichts. Sie aß ... mein Gott, sie aß und hatte Hunger, den richtigen Morgenhunger des Langschläfers.

»Claire?«

»Wolf?«

»Ich denke, wir fahren heute morgen ein wenig spazieren.«

»So, und ich? – Mich nimmt er gar nicht mit! – Ich will auch mit!«

»Ich sagte: wir.«

»Buh, buh!«

»Ja, du kannst auch mit. Nu weine man nich und eß.«

»Wolfgang, ein so wunderschönes Deutsch sprichst du ja auch nicht, nein, das kann man nicht sagen. Aber keine Sorge: Meine Bemühungen werden mich das Ziel schon erreichen lassen.«

Sie konnte ganz gewählt sprechen, wie es wohl alte Erzieherinnen manchmal tun, mit übermäßig stark betonten Endsilben und weit nach hinten gerutschten Gaumen-»R«s.

»Mein Papa sagt immer, Wölfschen, ich spräche keinen guten Deutsch. Wie? – Ja, er ist ein erfahrener Greis, aber wie steht es ihm an zu sprechen ›Stoße nicht in das Horn des Leichtsinns, mein Kind, und witzele nicht über so schwerwiegende Dinge!‹ Ich frage dich: Hat er unrecht oder hat er unrecht? Zwei Möglichkeiten kommen nur in Betracht.«

»Er hat recht. Da kommt der Wagen.«

Es war sein Glück. Denn schon hatte sie sich hochaufgerichtet und stand da, die Hände fest auf den Tisch gedrückt und schielte …

Leicht und schnell rollte der Wagen durch die grüne Allee.

»Wolfgang?«

»Claire?«

»Merks du nichs?«

»Wie bitte?«

»Obs du nichs merks?«

»Nein.«

»Na, aber süh mir mal an!«

»Bei Gott, nichts. Zuckt die Achseln.«

»Du mußt das nicht mitsprechen, was in Klammern steht. Zuckt die Achseln, das steht in Klammern, weißt du? – Aber merkst du nichts?«

»Du hast dich gewaschen.«

»P! – Aber ... ein blaues Band hatt' ich gestern durch mein Hemd gezogs, un nu nich mehr. Du erlaubs mirs ja nich. Du ja nich.«

Bot sie nicht das Aussehen einer sichtlich Gekränkten, die schmollend die bessern Gefühle des Geliebten anrief?

»Du hast ja 'n Freund, der wo sagt, bunte Bänders in der Wäsche tragen nur Kellnerinnen! Konnst deinem Freund gesagt haben, er konnt bei mir gegangen gewesen sein, ob ich vielleicht 'ne Kellnerin war.«

Ja, er wolle das bestellen.

Aber nun mußten sie in das Grüne sehen, das sich an ihnen vorüberbewegte. Nicht, als ob dieser Wald jene gerühmte Schönheit besessen hätte, wie wir sie auf Bildern und Postkarten zu sehen Gelegenheit haben. Er wies keine »Partien« auf, keine Durchblicke. Aber er machte sie froh. Es war wohl mehr ihre allgemeine Freude, am Leben zu sein. Zwischen den Vergangenen und denen, die noch kommen würden – jetzt waren *sie* an der Reihe – hurra! –

An einer Biegung der Chaussee machte der Kutscher halt, murmelte und verschwand im Gebüsch. Die Claire begleitete seinen Weggang mit frommen Reden ... Und dann fuhren sie weiter, und an einem Wirtshaus am See wurde Rast gemacht, und dort gab es zu essen.

Und dann fuhren sie wieder auf langen Umwegen nach Hause, nach Rheinsberg. Fußgänger begegneten ihnen, schwitzende Familienväter, die ihre Spazierstöcke mit den baumelnden Jacken am Ende Gewehr über trugen und schweigend der nächsten Bierquelle zustrebten, Verliebte, die mit verkrampften Händen selig daherstolperten, einmal hörten sie das Bruchstück eines Gespräches zweier spitzmäuliger Damen.

»Ja«, sagte die eine, »und denken Sie, sie ist eine Berlinerin, aber wissen Sie, im guten Sinne des Wortes ...«

Der Wagen juckelte und knarrte, bald gehen die Pferde im Trab, bald trotten sie langsam mit gesenkten, nickenden Köpfen ... Und immer konnte man, wenn es einem beliebte, den Kopf nach hinten legen, »auf den Verdeck«, wie Claire das nannte, und dann sah man in die Wolken, immer in die Wolken, während der Körper im Rhythmus des Fahrens angenehm bewegt wurde ...

Am Spätnachmittag kamen sie an; es war heiß, vielleicht würde es abends ein Gewitter geben, sagte der Wirt. Sie gingen in den Park. An einem kleinen Rondell schimmerten weiße Figuren aus dem Blätterwerk. Ein Satyr lehnte an einem Baumstumpf, mit gesenkter Flöte, ein Faun stach eine fliehende Nymphe ... Das Schloß leuchtete weiß, violett funkelten die Fensterscheiben in hellen Rahmen, von staubigen Lichtern rosig betupft, alles spiegelte sich im glatten Wasser. Baumgruppen standen da, rötlich-gelb beschienen mit schwärzlichen Schatten, sie warfen lange, dunkle Flächen auf den Rasen. Träge schob sich der See in kleinen Weilchen an die schilfigen Ufer ...

»Brühheiß. Kann man eigentlich so den Hitzschlag bekommen, Claire?«

Sie lag am Boden und kaute einen Halm, der schwankend ihrem Munde entwuchs.

»Das kommt ganz auf die Innentemperatur an, mein Junge. Du – bei deiner Hitze – ja, du kannst wohl einen kriegen! Zeig' mal die Zunge – hm …«

»Du tätest auch besser daran, mehr in den Kollegs aufzupassen, anstatt Herzen mit meinen Initialen in die Bänke zu schneiden. Überhaupt das Frauenstudium …«

»Bitte, nehmen Sie Platz.« Sie war ganz Würde, und obgleich sie im Gras saß, konnte man glauben, was den Ausdruck ihres Gesichts anbetraf, einen vielbeschäftigten, an seinen Patienten interessierten Arzt vor sich zu sehen.

»Einen Weg zur Heilung werden wir schon finden … schon finden …« Sie kraute sich einen imaginären Bart. »Wissen Sie, ob Ihr Herr Großpapa jemals an einem icterus katarrhalis litt? Oder an einer angina vincentis? Nun, wir werden das Übel schön beheben. Darf ich bitten, den Mund zu öffnen, weiter, weiter – so …« Und sie warf den Aufhorchenden mit einem starken Stoß nach hinten, ins Gras …

Die Luft lag unbeweglich, drückend, sie schritten über eine Brücke, darunter das Wasser grün und schleimig abfloß. Sie blickten hinunter. Blätter schwommen vorbei, kleine Zweige, Hölzchen …

»Wolfgang?«

»Claire?«

»Erlaubsus mir? Ja? Nur einmal! Bitte! Bitte!«

Sie drängte sich an ihn, umkoste ihn, ging ihm um den Bart, sozusagen …

»Was denn, was denn, Kind?« Er machte sich frei.

»Erlaubs mir doch! Nie nich erlaubsu mir wen! Ich möcht' doch soo gern …«

»Aber was denn?«

Sie schwieg. Sie sahen wieder von der Brücke in das dahinschleichende Wasser.

»Wolfgang«, sagte die Claire träumerisch, »ich möcht' *einmal* in das Wasser spucken ...« Und in den höchsten Tönen: »Erlaubs du mir?« Und piepsend: »Ja?«

Er erlaubte es ihr.

Sie gingen durch die Straßen der Stadt. Schaufenster boten lockend ihre Einlagen an, kunstreich geordnet. Oh, man war hier durchaus auf der Höhe, wie man mit Stolz sagen durfte, und hatte sich die Errungenschaften der neuen Zeit zunutze gemacht: ein moderner Wind wehte auch hier. Nach künstlerischen Prinzipien hatte z. B. Herr Krummhaar, der Kolonialwarenhändler an der Ecke des Marktes, sein Schaufenster arrangiert. Blickte man durch die blankpolierten Scheiben, so tat sich dem Beschauer eine schlaraffenhafte Landschaft auf: auf einem Hügel von Paniermehl stand ein Zuckerhut mit einem roten Gelatinekreuz, und sah man näher hin, war es eine Windmühle. Pflaumenwege führten an mit Preisen versehenen Korinthenbeeten vorbei, und auf einem Spiegelglas schwamm eine Brigg, die Herrn Krummhaar aus dem fernen Indien bauchige Flaschen Danziger Goldwassers und Salzbrezeln heranschleppte ... Vor der Ladentür waren Fässer aufgebaut, die bis oben hin mit köstlichen Erbsen und allerhand getrocknetem, nun aber längst verstaubtem Obst gefüllt zu sein schienen; nur der Kundige konnte ahnen, daß es sich um eine geschickte Täuschung handle. Lange stand die Claire vor der bunten Pracht, dann zitierte sie mit Ausdruck:

»Und einen Ochsen, ganz bepackt,
Mit Fleischextrakt ...«

Überall blieb sie stehen, alles wollte sie kaufen, und sie wirbelte herum, schwatzte, lachte, und war nacheinander: ein Frauchen, das ihren Mann zu Einkäufen bewegen will, ein unfolgsames Kind, das sich meckernd von der Hand der Bonne durch die Straßen schleppen läßt, ein kleiner Hund – und zehn Schritte lang bot sie sogar die Kopie eines durchaus nicht einwandfreien Geschöpfes ...

Vor der Tür eines kleinen Lädchens, dessen Schaufenster dem Käufer Posamentier- und Weißwaren versprachen, standen die Fräulein Luft, zwei gutmütige ältliche Wesen, die ein wenig muffig rochen...

Sie schöpften die Abendluft, einen Käufer gab es jetzt nicht. Die beiden drängten sie in ihren Laden.

»Ich möchte, bitte, Wäscheknöpfe.« Die Claire war geschäftig, ganz bei der Sache.

»Tje ...«

»Aber bitte, geben Sie mir doch, bitte, weiße Wäscheknöpfe ... zum Annähen ...«

»Tje ... Gewiß.«

Aber die Fräulein Luft rührten sich nicht, sondern sahen sich und die beiden Besucher, die ihren Laden nahezu ausfüllten, ratlos, verlegen an. Eine von ihnen holte tief Atem ...

»Mochte der schunge Härr nicht so lang rausgehen ...«

»Welch treue Seele«, dachte er. Und ging heraus.

»Ein Kinematograph? Hier in Rheinsberg? Wölfchen, nach dem Souper? Ja?«

Wirklich, es gab einen, und sie gingen hin.

Auf dem Wege schon murrte es in den Wolken, die langsam aufzogen. Wind schüttelte Laub von den rauschenden Bäumen, Staub wirbelte auf …

Aber noch trocken kamen sie in dem Saal des Wirtshauses an. Richtig, ein kleines Orchester war da, es verdunkelte sich der Saal …

NATUR! MALERISCHE FLUSSFAHRT DURCH DIE BRETAGNE.
KOLORIERT.

Der Apparat schnatterte und warf einen rauchigen Lichtkegel durch den Saal. Eine bunte Landschaft erschien, bunt, farbenprächtig, heiter. Die Kolorierung war der Natur getreulich nachgebildet: Die Bäume waren spinatgrün, der Himmel, wie in einem ewigen Sonnenuntergang, in Rosa und Blau schwimmend … Während die Flußlandschaft hell vorbeizog, schwankte dauernd ein schwarzer Schatten, in Form einer Stange, durch das Bild, was vermuten ließ, daß die Aufnahme von einem Dampfboot aus gemacht worden war. Dies bestätigte sich; denn nach einer kleinen Weile drehte sich der hellbraun gebohlte Teil eines Schiffes in das Bild, das nun das Nahe und das Ferne zugleich erkennen ließ: eine rosagekleidete Dame, mit weißem Spitzenschirm, anscheinend zu diesem Zwecke hinbeordert, erzeugte vermittels freundlichen Lächelns, Winkens und eifrigen Auf- und Abspazierens geschickt den Eindruck sommerlichen Glückes; hinten glitten die kolorierten Bestandteile der Bretagne vorbei, Trauerweiden, die Zweige in das Wasser hängen ließen, kleine ockergelbe Häuschen, die anscheinend auf ihre Umgebung abgefärbt hatten, ein vorüberziehender Fischdampfer …

Die Claire saß erschüttert.

»Wolfgang, es ist zu traurig! Glaubsu, daß der sterbende Krieger seine Heimat erreicht?«

Er glaubte es nicht. Um so weniger, als jetzt der eben eingetretene Klavierspieler geräuschvoll drei kräftige Akkorde erschallen ließ, sein Bierglas herunterwarf, aber hierdurch unbeirrt sich anschickte, den nunmehr folgenden Film: »MORITZ LERNT KOCHEN« in angemessener Weise zu begleiten. Die Musik tobte: der Nachbar steckt den Kopf zur Tür herein, Moritz steht am Kochherd, packt den andern, wirft ihn in den Topf, daß die Beine heraussehen. Schwanken, Fallen, Töpfe kippen, Sintflut, man schwimmt gemeinschaftlich die Treppe herunter, schüttelt sich unten die Hände, nimmt das triefende Mobiliar unter den Arm und verschwindet …

Die Claire konnte sich nicht beruhigen: sie fragte, wollte alles wissen. Ob er denn nun kochen könne, ob der Nachbar gut durchgekocht sei, sie könne übrigens kochen, perfekt, möchte sie nur sagen …

Und schwieg erst, als helle Buchstaben auf dunklem Grund ankündigten:

DAS RETTENDE LICHTSIGNAL.
In der Titelrolle Herr Violo.
Von der Greizer Hofoper.

Auf Grund einer freundlichen, stillen Übereinkunft zwischen Filmfabrik und Publikum bedeutet die blaue Farbe Nacht, während die rote die Katastrophe einer Feuersbrunst anzeigt, so daß es allen klar wurde, wie man in solch gefährlichen Stunden eines rettenden Lichtsignales des Bräutigams bedurfte. Mochte die Handlung durchsichtig sein, hier war das Leben, aber konzentriert. Wenn das Meer, wenn die Brandung an Felsen schlug, wenn der Vorplatz eines Hauses einen Augenblick frei blieb und man an den Zweigen sehen konnte, wie der Wind geweht hatte, *der* Augenblick war dahin, unwiederbringlich dahin ... Wie beängstigend schön war es, wenn Eisenbahnzüge, lautlos, wie große Schatten erschienen, immer näher, größer – ein Kopf sah aus dem Fenster ...

Aber als die leuchtenden Lichtgestalten zu weinen begannen und ein Harmonium in Aktion gesetzt wurde, schnupfte die Claire tief auf und äußerte schluchzend den Wunsch, nach Hause zu gehen ...

Sie kämpften sich durch Wind und Regen ins Hotel.

Am Morgen gingen sie in die Felder. Das Gewitter von gestern hatte abgekühlt, die ersten herbstlichen Tage kamen. Der Wind wehte stark. Als sie gegen ihn angingen, sang er wie klagend ... An den Wegen schäumten die Laubmassen. Milchigweißes Licht beglänzte gleichmäßig die Felder. Die Sonne steckte hinter den stürmenden Wolken; manchmal kam sie hervor, dann war sie rot und fror in der rauhen, kräftigen Herbstluft. Ein leerer Pfad lag vor ihnen, reingefegt vom Wind – und es war Seligkeit, darüber hinwegzuschreiten; junge Linden reihten sich endlos, und es war Glück, immer wieder den ächzenden Stamm zur Seite zu haben. Tief ging der Atem, und die Schultern hoben sich. Sie gingen im Gleichschritt.

Sehnsucht – Sehnsucht nach der Erfüllung! Hier war alles (fühlte er), Herbst, der klärende, klare Herbst, Claire, alles – und doch zog es weiter, der Fuß strebte vorwärts, irgendwo lag ein Ziel, nie zu erreichen!

Viel, fast alles auf der Welt war zu befriedigen, beinahe jede Sehnsucht war zu erfüllen – nur diese nicht. Was war, von oben betrachtet, ein Liebender? – Ein Narr. Wenn sich ihm das geliebte Herz eröffnete, schwieg er, satt und zufrieden. Ganze Literaturen wären nicht, riegelten die Mädchen ihre Türen auf … Ein Amoroso war zu befriedigen, gebt ihm das Weib, das er begehrt, und der tönende Mund schweigt. Was gibt es, *uns* zum Schweigen zu bringen? Wir haben nichts mehr zu verschleiern, wir wissen um alle Heimlichkeiten der Körper … Auch um alle der Seele? – Es gibt Worte, die nie gesagt werden dürfen, sonst sterben sie … Aber wir wollen nicht in diese Tiefen der Schatzkammern, wir haben einander ganz und doch sehnen wir uns. Was ist das, das uns forttreibt, weiter, höher, vorwärts? – Der Frühling ist es nicht; denn es ist da zu allen Jahreszeiten, die Jugendzeit ist es nicht; denn wir spüren es in allen Altern, die Claire ist es nicht, wir fühlen es ohnehin.

Jetzt kamen sie durch einen windstillen Hain junger Birken.

Glücklich sein, aber nie zufrieden. Das Feuer nicht auslöschen lassen, nie, nie! In einem runden Loch kreiste träge schwarzes, fauliges Wasser. Alles andere ist ein Vorspiel: die Werbung, die Gewährung, das Genießen. Dann fängt es an und höret nimmer auf. Was kann vorher sein? Beschäftigt mit der simplen Frage: Ja? – Nein? – sehen sie nicht das Wesentliche, nicht das Eigentliche. Entkleide die deinige von deinen Begierden, sie zu besitzen, setze sie in dein Zimmer, wunschlos, allein, denk, du habest alles, was du wolltest … Bliebe sie? Kann sie mehr als locken, versprechen? – Kann sie *geben?* Nicht jede hält die Belastungsprobe aus. Man behütet nicht umsonst ängstlich das Letzte, wenn man nicht weiß, daß es das Kostbarste ist, was man zu geben hat. Eroberungen, bei denen der Reiz nur im Erobern besteht. Wir aber wollen besitzen.

Und es gibt keine tiefere Sehnsucht als diese: die Sehnsucht nach der Erfüllung. Sie kann nicht befriedigt werden …

»Wölfchen! Hallo!« Sie war weit voraufgelaufen und pflückte im Gebüsch weiße Eisbeeren, legte sie im Kreis auf den Boden und knackte sie mit dem Fuß entzwei.

»Warum tust du es?«

»Hast du keinen Sinn für Schönheit? *Fühlst* du nicht, daß das befriedigt, erlöst, wie von einem Druck befreit, wenn die Beere – endlich – aufknackt? – Banause!«

Die Gräser glänzten im Licht, ein dicker Käfer zog über die Chaussee, flog auf, ein Wind strich über den Weg, führte ihn mit sich fort, wollte er dorthin? – Nun, er würde auch da glücklich sein …

Eine Schafherde trappelte durch die gestoppelten Felder; sie wollten ausweichen, aber es war zu spät, der Schäferhund hatte eine lange Reihe zurechtgebellt, sie waren mitten unter ihnen, die Schafe umwogten sie, die Claire schwankte lachend in dem Meer her und hin.

»Wölfchen, wenn mir die Tieren nu fressens?«

»Ihnen nicht, Fräulein, es dürfte sich nicht lohnen.«

Endlich krochen sie heraus, staubbedeckt, lachend.

»Daß du dir da rausgefunden hast, Wölfchen!«

Sie waren auf freiem Feld, glänzend wehten grüne Gräser im Wind, die Luft war in starker Bewegung, aber das Land lag ruhig, mochte es wehen und darüber hinfahren, die Erde blieb fest.

Sie standen auf einem kleinen Hügel, das Land wellte sich weit fort, spielend riß die starke Luft an den Haaren. Dies alles umarmen können, nicht, weil es gut oder schön ist, sondern weil es da ist, weil sich die Wolkenbänke weiß und wattig lagern, weil wir leben! Kraft! Kraft der Jugend! ...

»Claire?«

»Na?«

Und wurde gepackt und wie ein Wickelkind davongetragen, den Abhang herunter bis tief in die blumige Mulde.

Und wieder kamen sie nach Rheinsberg, und weil es der letzte Tag war, verschwand Wolf und kam kurz vor dem Mittagessen mit einem großen weißen Paket wieder. Oben angelangt, legte er es auf den Tisch. Die Claire zupfte vor dem Spiegel an ihrem Haar. Wandte sich um.

»Wolfgang?«

»Claire?«

»Was is'n diss?«

»Nüchs, wie du dich auszudrücken beliebst.«

»Na, haber ...«

»Um allen so gearteten Debatten aus dem Wege zu gehen, mein liebes Weib, erkläre ich hiermit, daß in dem Paket mit erhobener Stimme zwar etwas darin ist, aber du dasselbe mit Bedeutung nicht vor dem Abend öffnen darfst. Um zehn geht der Zug, um dreiviertel zehn darfst du, Punkt.«

»Hm.«

Pause.

»Wolfgang?«

»Claire?«

»Sagssu mir, was da drün is? Seh mal ...«

»Schweig. Ich habe gesprochen.«

»Aba, Wölfchen, ich fand, du konnst mir doch den Anfangsbuchstaben sagen und den hintern auch, ich meine den Endbuchstaben, ja?«

»Ich zertrümmere dich. Nein.«

»Nur den Anfang, tje? – Bitte, bitte! ...«

»Schluß. Wir essen!«

Es gab »schöne Sachens« – »Suppens gibs«, erörterte Claire, die alles wußte, »un Hühnegens mit Gemüsen und Hops (Hops? – Obst, Wölfchen, Obst) un denn gübs ... Willstu das gern wissen, Wölfchen?«

»Ja.«

»Hm, ich sag dir's auch. Aber du mußt mir sagen, was in dem Paket ...«

»Ich will's nicht wissen.«

»Buh!«

Sie »muckschte« wie ein kleines Kind und ließ eine habsburgische Unterlippe hängen, bis das Essen kam.

»Wölfchen, eß man Suppens mitm Messer?«

»Wa –?«

»Na, ich hab mal einen gesehen, der hat mitm Messer gegessen.«

»Suppe?«

»Neieinn ...«

Aber da kam eine alte Dame an ihrem Tisch vorübergeschlurcht, schielte krumm und murmelte etwas von »unerhört« und »Person« und so.

»Wölfchen, die meint mir. Konnste ihr nich gefordert gehabt habs? – Söh mal, ich bin doch 'ne Feine, nich wahr?

oder glaubssu, ich bin eine Prostitierte? Nei–n. Ich ja nich. Ich nich. Hä?«

»Laß das Alter gewähren, mein Kind. Vielleicht hat sie nicht so hübsche Jugenderinnerungen ... Wie schrieb der große Friedrich an den Rand seiner Akten? – ›Mein lieber Geheimrat‹, schrieb er, ›wir sind alt und können nicht mehr, wir wollen uns über die freuen, die noch können‹.«

Und dann aßen sie, und als es zu Ende war:

»Wölfchen, die Sonne scheint gerade so schön, wir wollen photographieren!«

Sie holte den Apparat, den sie umständlich herrichtete. Eine Zeitaufnahme war beabsichtigt, unter dem Blätterdach der alten Bäume, die gesprenkeltes Licht zum Boden durchließen.

»Stell dir man hin, Wölfchen. Nun paß auf: wir machens einen langen Aufnahmen. Du mußt nu ümmessu ruhig stehen, weißtu, ganz stille, ich geh solange fort, auf daß es dir nicht lächere ...«

Er stand regungslos, nur gegen die Sonnenstreifen anblinzelnd, fühlte sein Herz klopfen, der Atem ging taktmäßig ein und aus. Wie lange es dauerte? Die Claire wandelte unter den Linden, weiter hinten. Es sah aus, als hätte sie vergessen ...

Ohne die Lippen weit zu öffnen: »Claire!«

Immer noch erging sie sich unter den schattigen Bäumen, aber sie antwortete: »Ja?«

»Noch lange?«

»Nein.«

Wieder Schweigen. Wieder summten die Insekten. Teller klapperten im Haus.

»... lange?«

»Wolfgang?«

»Hm?«

Und von ganz fern: »Du kannst kommen! – Ich habe gar nicht eingestellt!« Und helles Lachen.

»So ein –»

»Aber schön still hast du gehalts!«

Hoho! Wie aus einem Schallbecken platzte Lachen aus ihrem Mund, heftig, lärmend.

Aber er fing sie.

Nach dem Essen mußte die Claire schlafen gelegt werden. Sie waren im Sonnenglast hingestreckt, auf einer Wiese, über der die Luft in der Mittagswärme zittrig schwebte. Schweigen ...

»Wölfchen?«

»Claire?«

»Sagssus mirs?«

»Was denn?«

»Was in den Paket ...?«

»Schlaf!«

Sie schnarchte, daß die Grillen vor Schreck verstummten.

»Pst!«

»Du sagst ja, ich soll. Nie nich is es richtig. Buh!«

Wieder Schweigen.

Wie im Selbstgespräch: »Ich fand, wenn du's mir sagtest, gefiel's mir hier besser. Wie? Ich bin neugierig, alle Frauen sind ...? Ich will dir mal was sagen, ich will's gar nicht wissen, überhaupt ist es mir egal, es läßt mich kalt.«

»Das kannst du brauchen.«

»Wie?«

»Ich meinte nur.«

»Wölfchen?«

»Claire?«

»Is'n zu essens drin oder ...?«

Aber er antwortete nun nicht mehr. Sie schliefen. Und als sie aufwachten – sie hatte ihn wachgekitzelt –, stand die Claire auf, strich sich den Rock glatt, und ihre ersten Worte waren: »Neugierig bün ich ga–nich. Aber wissen möcht ich *bloß*, was da in is«, und dachte heftig nach, ohne es herauszubekommen. (Sie hat es nie erfahren, das Paket wurde im Hotel vergessen.)

Nachmittags lagen sie im Boot. Der Himmel war klar, noch einmal gab der Sommer seine Wärme.

Dies ist der letzte der drei Tage! Aber ich bin so froh wie am ersten. Jung sein, voller Kraft sein, eine Reihe leuchtender Tage – das kommt nie wieder! Heiter Glück verbreiten! – Wir wollen uns Erinnerungen machen, die Funken sprühen! Wir haben alles voraus – heute! Mögen die in de Gräbern die Fäuste schütteln, mögen die Ungeborenen lächeln – wir *sind*! Alle sollen freudig sein! Kämpfen – aber mit Freuden! – Dreinhauen – aber mit Lachen! Mädchen, was zieht ihr mit Ketten schwer beladen einher? – Schüttelt sie ab. Sie sind leicht! – Sie sind hohl! – Tanzt, tanzt! –

Vom Ufer her rief sie jemand an, ein Mädchen mit einer Schneckenfrisur und ernsten, schwarzen Augen. Sie trug sich irgendwie in Blau und Grau. Sie ruderten heran. Wo es hier nach dem Forsthaus ginge? Ob es noch weit sei? – Sie beabsichtigten dorthin zu fahren, wenn sie wolle ...? Sie dankte, nahm an.

Es ergab sich, daß sie gleichfalls die Heilwissenschaft studiere und sich auch sonst geistig fleißig rege. Sie lud arme

Kinder zu sich zu Tisch, um an abgemessenen Gewichtsportionen die Wirkungen gewisser Hydrate festzustellen, auch in andern Beziehungen nahm sie sich dieser Opfer der kapitalistischen Wirtschaftsordnung an und förderte sie durch gute Ratschläge. Das brachte sie ruhig und selbstverständlich vor, bescheiden, aber fest. Das Gespräch glitt weiter. Nein – heiraten wollte sie vorläufig nicht; sie habe noch keinen gefunden, der Mann gewesen wäre, ohne ein Sexualtier zu sein. Sie hatte einen schlechten Teint, und es sah aus, als bade sie selten. – Ob sie denn nie verliebt gewesen sei? – Oh, sie besäße, wie sie, ohne unbescheiden zu sein, mitteilen könne, Temperaments genug. So habe sie neulich auf einem Vereinsfest sogar etwas getrunken, was dem Geschmacke nach schwedischer Punsch gewesen sein mochte. Aber das seien doch Nebendinge. Für sie hier – schaukelte das Boot ein wenig – für sie gäbe es nur die Pflicht. Die Pflicht, ihrem Berufe als Wissenschaftlerin und soziales Glied voll und ganz Genüge zu tun.

Dies, was sie anginge. Und die Herrschaften? Mit wem habe sie das Vergnügen? Sie sei stud. med. Aachner, Lissy Aachner. Und die Freundlichen, die sie hier mitnähmen? – Claire ergriff das Wort (Wolfgang graute): – Nun, sie hätten hier ein kleines Besitztum in der Nähe, nicht sehr bedeutend, 300 Morgen etwa, ja, und das sei ihr Bruder, sie seien noch nie in einer großen Stadt gewesen, die Eltern erlaubten es nicht, nein – wie es denn so in Berlin aussähe? – Sie hätten so bunte Vorstellungen davon, aber, nicht wahr? – aus den Büchern könne man das nicht so …

Die Studentin Aachner bestätigte dies. Nein, aus den Büchern könne man dies nicht so. – Man müsse wirklich einmal … Sie könne das den Herrschaften nur empfehlen! –

Diese verschiedenartigen Kreise, diese Anregungen, man müsse ordentlich auf dem Posten sein, um all den Anforderungen Genüge zu tun! Nun, – sie, Lissy Aachner, sei auf dem Posten, das könne sie wohl sagen. Und es erwies sich, daß dieses begabte Mädchen über alles, so die Liebe und das Leben, ihre klaren festen Begriffe hatte, an denen nicht zu rütteln war. Sie sei Monistin. Was das sei? Gesellschaftliche Artigkeit trug über ein leichtes Lächeln den Sieg davon. Sie sei erfüllt von dem Glauben, daß alles sich auf natürlicher Grundlage nach Maßgabe der betreffenden Umstände aufbaue. Auf die Umstände lege sie besonderes Gewicht, auf die käme es an ... Aus ihnen ließe sich *alles* herleiten. Sie, Lissy Aachner, wäre nimmermehr das geworden, was sie sei, wenn nicht die Umstände und das, was man wohl Milieu nenne, sie zu einem Produkt der neuen Zeit gemacht hätten. Und diese Umstände zu erkennen, das sei es, fuhr stud. med. Aachner fort, worauf es ankäme ... *Erkenntnis*, das sei das Wort! – Wohin sollte es führen, wenn wir auf der Stufe alter Barbarenvölker ständen und den Regen z. B. noch als etwas Göttliches empfänden? Der Regen sei einfach ein Niederschlag atmosphärischen Wassers in Form von Tropfen oder Wasserstrahlen. Dagegen war nichts zu sagen. Der Regen war in der Tat ein Niederschlag atmosphärischen Wassers in Form von Tropfen oder Wasserstrahlen. Und habe es nicht mit den geistigen Dingen eine ebensolche Bewandtnis? – Sei nicht auch hier Erkenntnis das Element alles Lebens? – Wie wolle man sich denn vor Liebesschmerz hüten, ohne die Elemente dieses Affekts, die Liebe und den Schmerz, analysieren zu können? – Sie gäbe ja Ausnahmen zu, bemerkte die Sprecherin, aber wenn wir auch heute noch nicht so weit wären, alles zu erkennen, so läge dies eben an einer Mangelhaftigkeit unserer Apparate bzw. Organe. Es würde schon noch werden. Seien nicht auch die Religion, die Kunst Dinge, die restlos in ihre Bestandteile aufzulösen nur einem Orthodoxen als kühn erscheinen könne? – Ja, das gesamte Leben als solches ... Aber hier lief der Kahn auf den Sand, daß es knirschte. Man war angelangt. Die stud. med. Aachner bedanke sich und schritt durch das Grün auf das Forsthaus zu, männlichen Schrittes, geradeaus, und irgendwie in Blau und Grau gekleidet ...

Die beiden trieben ab, das Boot schwankte, bewegt durch das Schaukeln der Lachenden. Und wieder trug sie die Strömung dahin, der fächelnde Wind kräuselte das Wasser, brachte frischere Lüfte ... Einmal legte die Claire die Hand auf den Bootrand: diese ein wenig knochige und männliche Hand, auf deren Rücken blaßblaue Adern sich strafften; sah man aber die holzgeschnitzten, langen Finger, so ahnte man, es war eine erfahrene Hand. Diese Fingerspitzen wußten um die Wirkung ihrer Zärtlichkeiten, kräftig und sicher spielten die Gelenke ... Die Hand hing im Wasser und zog einen quirlenden Streif. Dunkelgrün und klar lagen die Ufer weit zurück.

Leuchtender, leuchtender Tag! – Da-sein, voraussetzungsloses Da-sein und immerfort wissen, daß eine ist, die gleich fühlt, gleich denkt ... (Denkt, fühlt sie wirklich? Aber ist das nicht einerlei, wenn wir nur glauben?) Nun, wir *glauben* eben einmal, daß wir uns nur deshalb nicht begegnen, weil wir nebeneinander demselben Ziele zulaufen, gleich strebend, parallel – ... Dies zu wissen – das ist Glück. Ein Seitenblick genügt: all deine Empfindungen sind hier noch einmal, aber umkleidet mit dem Reiz des Fremden. Wozu noch sprechen? – Wir wissen ohnehin. Wozu versichern, betonen?

– Wir wissen, wir wissen. Und das Erlebnis und ich und sie – das gibt einen Klang, einen guten Dreiklang.

Aber nun waren nur noch zwei Stunden bis zur Abfahrt.

»Wolfgang?«

»Claire?«

»Gehen wir noch ein bißchen spazieren? Komm, in die böhmischen Wälder!«

Und sie gingen durch den dämmerigen Park, in dem die Baumgruppen erdunkelten, sich schwärzlich auseinanderschoben ... Der Himmel war am Nachmittag schimmernd klar gewesen – noch spannte er sich wie ein ungeheurer Bogen von Osten nach Westen, aber nun hatte er eine dunkle Färbung angenommen, er war fast schwarz, und weiße Wolkenflecken zogen rasch unter ihm dahin.

Gewiß blies hier der Wind immer so in die Baumwipfel, daß sie aufrauschten, strich durch die Stämme, raschelte schleifend im Laub ... *Sie* empfanden: Abschied. *Sie* mußten fort. Leises Trauern ... noch einmal zogen sie die reine Luft ein. Abschied. Eine neue Etappe. Aber diese haben wir gelebt.

Der Weg führte auf einen Hügel, durch Wiesen und an schwärzlichen Sträuchern vorbei. Sie sprachen nichts. In der Höhe glänzten helle Fenster einer Villa. Töne? ... Da oben gab es Musik. Sie schritten aufwärts. Blieben im Dunkel stehen. Das gelbe Licht traf sie nicht: es bestrahlte einige Zweige der Linden, die am Haus gepflanzt waren. War es ein Ball? –

Ein Walzer kam. – Die Geigen – es mußte eine starkbesetzte Kapelle sein – zogen süß dahin, sie sangen das Thema, ein einfaches, liebliches, in langen Bogenstrichen. Verstummten. Aber nun nahmen es alle Instrumente auf, forte, und es war, wie wenn zarte Heimlichkeiten ans Licht gezogen würden. Mit Wehmut dachte man an die Pianopassagen. Aber auch so machte es einen schweben, und der Rhythmus, dieser wiegende, schleifende Rhythmus zuckte und warb. Sie standen unruhig, hatten sich bei den Händen gefaßt, reckten sich ... Und da brach die Lustigkeit prasselnd durch: in tausend kleinen Achteln, die klirrten, wie wenn glitzernde Glasstückchen auf Metall fielen, brach sie durch, die Geigen jubelten und kicherten, die Bässe rummelten fett und amüsiert in der Tiefe, und auch der Zinkenist machte kein Hehl daraus, daß ihn das Ganze aufs höchste erfreute. Der Teil wiederholte sich, wieder kletterten die Geigen in die schwindelnde Höhe, guckten von ihrem hohen Sopran in die Welt, und schließlich lösten sich die Töne auf zierliche, spielerische Weise in nichts auf. Dröhnten nicht drei Paukenschläge? – Ein Dominantakkord erklang: ein Lauf, von der Flöte gepfiffen, machte neugierig, gespannt ... Und wieder ein Lauf, die Geigen folgten, die Melodie blieb auf einem neuen Dominantakkord stehen ... Pause ... Und das alte, süße Thema kehrte in den Geigen wieder, hier war Erinnerung, heimliche Freuden und alles verliebte Flüstern der Welt! – Und da packte es die zwei, und sie drehten sich langsam, schwebend, und sie tanzten auf dem struppigen Rasen, schweigend, ruhig anfangs, dann schneller und schneller ... Noch einmal bliesen Fanfaren königlich und stolz, kaum wiederzuerkennen, das Thema, dann wirbelten die beiden tanzend den Abhang herunter.

Und kehrten zurück und packten ein, fuhren in dem rumpligen Hotelwagen zur Bahn, bestiegen in Löwenberg den

D-Zug und fuhren durch die Nacht, brausend, aufgewühlt, nach Berlin.

In die große Stadt, in der es wieder Mühen für sie gab, graue Tage und sehnsüchtige Telephongespräche, verschwiegene Nachmittage, Arbeit und das ganze Glück ihrer großen Liebe.

Arthur Schnitzler

Die Frau des Weisen

*H*ier werde ich lange bleiben. Über diesem Orte zwischen Meer und Wald liegt eine schwermütige Langeweile, die mir wohltut. Alles ist still und unbewegt. Nur die weißen Wolken treiben langsam; aber der Wind streicht so hoch über Wellen und Wipfel hin, daß das Meer und die Bäume nicht rauschen. Hier ist tiefe Einsamkeit, denn man fühlt sie immer; auch wenn man unter den vielen Leuten ist, im Hotel, auf der Promenade. Die Kurkapelle spielt meist melancholische schwedische und dänische Lieder, aber auch ihre lustigen Stücke klingen müd und gedämpft. Wenn die Musikanten fertig sind, steigen sie schweigend über die Stufen aus dem Kiosk herab und verschwinden mit ihren Instrumenten langsam und traurig in den Alleen.

Dies schreibe ich auf ein Blatt, während ich mich in einem Boote längs des Ufers hin rudern lasse.

Das Ufer ist mild und grün. Einfache Landhäuser mit Gärten; in den Gärten gleich am Wasser Bänke; hinter den Häusern die schmale, weiße Straße, jenseits der Straße der Wald. Der dehnt sich ins Land, weit, leicht ansteigend, und dort, wo er aufhört, steht die Sonne. Auf der schmalen und langgestreckten gelben Insel drüben liegt ihr Abendglanz. Der Ruderer sagt, man kann in zwei Stunden dort sein. Ich möchte wohl einmal hin. Aber hier ist man seltsam festgehalten; immer bin ich im nächsten Umkreis des kleinen Orts; am liebsten gleich am Ufer oder auf meiner Terrasse.

Ich liege unter den Buchen. Der schwere Nachmittag drückt die Zweige nieder; ab und zu hör' ich nahe Schritte von Menschen, die über den Waldweg kommen; aber ich kann sie nicht sehen, denn ich rühre mich nicht, und meine Augen tauchen in die Höhe. Ich höre auch das helle Lachen von Kindern, aber die große Stille um mich trinkt alles Geräusch rasch auf, und ist es kaum eine Sekunde lang verklungen, so scheint es längst vorbei. Wenn ich die Augen schließe und gleich wieder öffne, so erwache ich wie aus einer langen Nacht. So entgleite ich mir selbst und verschwebe wie ein Stück Natur in die große Ruhe um mich.

Mit der schönen Ruhe ist es aus. Nicht im Ruderboot und nicht unter Buchen wird sie wiederkommen. Alles scheint mit einem Male verändert. Die Melodien der Kapelle klingen sehr heiß und lustig; die Leute, die an einem vorbeigehen, reden viel; die Kinder lachen und schreien. Sogar das liebe Meer, das so schweigend schien, schlägt nachts lärmend an das Ufer. Das Leben ist wieder laut für mich geworden. Nie war ich so leicht vom Hause abgereist; ich hatte nichts Unvollendetes zurückgelassen. Ich hatte mein Doktorat gemacht; eine künstlerische Illusion, die mich eine Jugend hindurch begleitet, hatte ich endgültig begraben, und Fräulein Jenny war die Gattin eines Uhrmachers geworden. So hatte ich das seltene Glück gehabt, eine Reise anzutreten, ohne eine Geliebte zu Hause zu lassen und ohne eine Illusion mitzunehmen. In der Empfindung eines abgeschlossenen Lebensabschnittes hatte ich mich sicher und wohl gefühlt. Und nun ist alles wieder aus; – denn Frau Friederike ist da.

Spät abends auf meiner Terrasse; ich hab' ein Licht auf meinen Tisch gestellt und schreibe. Es ist die Zeit, über alles ins Klare zu kommen. Ich zeichne mir das Gespräch auf, das erste mit ihr nach sieben Jahren, das erste nach jener Stunde ...

Es war am Strand, um die Mittagszeit. Ich saß auf einer Bank. Zuweilen gingen Leute an mir vorüber. Eine Frau mit einem kleinen Jungen stand auf der Landungsbrücke, zu weit, als daß ich die Gesichtszüge hätte ausnehmen können. Sie war mir übrigens durchaus nicht aufgefallen; ich wußte nur, daß sie schon lange dort gestanden war, als sie endlich die Brücke verließ und mir immer näher kam. Sie führte den Knaben an der Hand. Nun sah ich, daß sie jung und schlank war. Das Gesicht kam mir bekannt vor. Sie war noch zehn Schritte von mir; da erhob ich mich rasch und ging ihr entgegen. Sie hatte gelächelt, und ich wußte, wer sie war.

»Ja, ich bin es«, sagte sie, und reichte mir die Hand.

»Ich habe Sie gleich erkannt«, sagte ich.

»Ich hoffe, das ist nicht zu schwer gewesen«, erwiderte sie. »Und Sie haben sich eigentlich auch gar nicht verändert.«

»Sieben Jahre ...« sagte ich.

Sie nickte: »Sieben Jahre ...«

Wir schwiegen beide. Sie war sehr schön. Jetzt glitt ein Lächeln über ihr Gesicht, sie wandte sich zu dem Jungen, den sie noch immer an der Hand hielt, und sagte: »Gib dem Herrn die Hand.« Der Kleine reichte sie mir, schaute mich aber dabei nicht an.

»Das ist mein Sohn«, sagte sie.

Es war ein hübscher brauner Bub mit hellen Augen.

»Es ist doch schön, daß man einander wieder begegnet im Leben«, begann sie, »ich hätte nicht gedacht ...«

»Es ist auch sonderbar«, sagte ich.

»Warum?« fragte sie, indem sie mir lächelnd und das erstemal ganz voll in die Augen sah: »Es ist Sommer ... alle Leute reisen, nicht wahr?«

Jetzt lag mir die Frage nach ihrem Mann auf den Lippen; aber ich vermochte es nicht, sie auszusprechen.

»Wie lange werden Sie hier bleiben?« fragte ich.

»Vierzehn Tage. Dann treffe ich mit meinem Manne in Kopenhagen zusammen.«

Ich sah sie mit einem raschen Blick an; der ihre antwortete unbefangen: »Wundert dich das vielleicht?«

Ich fühlte mich unsicher, unruhig beinahe. Wie etwas Unbegreifliches erschien es mir plötzlich, daß man Dinge so völlig vergessen kann. Denn nun merkte ich erst: an jene Stunde vor sieben Jahren hatte ich seit lange so wenig gedacht, als wäre sie nie erlebt worden.

»Sie werden mir aber viel erzählen müssen«, begann sie aufs neue, »sehr, sehr viel. Gewiß sind Sie schon lange Doktor?«

»Nicht so lange – seit einem Monat.«

»Sie haben aber noch immer Ihr Kindergesicht«, sagte sie. »Ihr Schnurrbart sieht aus, als wenn er aufgeklebt wäre.«

Vom Hotel her, überlaut, tönte die Glocke, die zum Essen rief.

»Adieu«, sagte sie jetzt, als hätte sie nur darauf gewartet.

»Können wir nicht zusammen gehen?« fragte ich.

»Ich speise mit dem Buben auf meinem Zimmer, ich bin nicht gern unter so vielen Menschen.«

»Wann sehen wir uns wieder?«

Sie wies lächelnd mit den Augen auf die kleine Strandpromenade. »Hier muß man einander doch immer begegnen«, sagte sie – und als sie merkte, daß ich von ihrer Antwort unangenehm berührt war, setzte sie hinzu: »Besonders, wenn man Lust dazu hat. – Auf Wiedersehen.«

Sie reichte mir die Hand, und ohne sich noch einmal umzusehen, entfernte sie sich. Der kleine Junge blickte aber noch einmal nach mir zurück.

Ich bin den ganzen Nachmittag und den ganzen Abend auf der Promenade hin und her gegangen, und sie ist nicht gekommen. Am Ende ist sie schon wieder fort? Ich dürfte eigentlich nicht darüber staunen.

Ein Tag ist vergangen, ohne daß ich sie gesehen. Den ganzen Vormittag hat es geregnet, und außer mir war fast niemand auf der Promenade. Ein paarmal bin ich an dem Haus vorbei, in dem sie wohnt, ich weiß aber nicht, welches ihre Fenster sind. Nachmittag ließ der Regen nach, und ich machte einen langen Spaziergang auf der Straße längs des Meeres bis zum nächsten Orte. Es war trüb und schwül.

Auf dem Wege habe ich an nichts anderes denken können als an jene Zeit. Alles habe ich deutlich wieder vor mir gesehen. Das freundliche Haus, in dem ich gewohnt, und das Gärtchen mit den grünlackierten Stühlen und Tischen. Und die kleine Stadt mit ihren stillen weißen Straßen. Und die fernen, im Nebel verschwimmenden Hügel. Und über all dem lag ein Stück blaßblauer Himmel, der so dazugehörte, als wenn er auf der ganzen Welt nur dort so blaß und blau gewesen wäre. Auch die Menschen von damals sah ich alle wieder; meine Mitschüler, meine Lehrer, auch Friederikens

Mann. Ich sah ihn anders, als er mir in jenem letzten Augenblick erschienen war; – ich sah ihn mit dem milden, etwas müden Ausdruck im Gesicht, wie er nach der Schule auf der Straße an uns Knaben freundlich grüßend vorüberzuschreiten pflegte, und wie er bei Tische zwischen Friederike und mir, meist schweigend, saß; ich sah ihn, wie ich ihn oft von meinem Fenster aus erblickt hatte: im Gärten vor dem grünlackierten Tisch, die Arbeiten von uns Schülern korrigierend. Und ich erinnerte mich, wie Friederike in den Garten gekommen war, ihm den Nachmittagskaffee gebracht und dabei zu meinem Fenster hinaufgeschaut hatte, lächelnd, mit einem Blicke, den ich damals nicht verstanden ... bis zu jener letzten Stunde. – Jetzt weiß ich auch, daß ich mich oft an all das erinnert habe. Aber nicht wie an etwas Lebendiges, sondern wie an ein Bild, das still und friedlich an einer Wand zu Hause hängt.

Wir sind heute am Strand nebeneinander gesessen und haben miteinander gesprochen wie Fremde. Der Bub spielte zu unseren Füßen mit Sand und Steinen. Es war nicht, als wenn irgend etwas auf uns lastete: wie Menschen, die einander nichts bedeuten, und die der Zufall des Badelebens auf kurze Zeit zusammengeführt, haben wir miteinander geplaudert; über das Wetter, über die Gegend, über die Leute, auch über Musik und über ein paar neue Bücher. Während ich neben ihr saß, empfand ich es nicht unangenehm; als sie aber aufstand und fortging, war es mir mit einemmal unerträglich. Ich hätte ihr nachrufen mögen: Laß mir doch etwas da; aber sie hätte es nicht einmal verstanden. Und wenn ich's überlege, was durfte ich anderes erwarten? Daß sie mir bei unserer ersten Begegnung so freundlich entgegengekommen, war offenbar nur in der Überraschung begründet; vielleicht auch in dem frohen Gefühl, an einem fremden Orte einen alten Bekannten wiederzufinden. Nun aber hat sie Zeit gehabt, sich an alles zu erinnern wie ich; und was sie auf immer vergessen zu haben hoffte, ist mächtig wieder aufgetaucht. Ich kann es ja gar nicht ermessen, was sie um meinetwillen hat erdulden müssen, und was sie vielleicht noch heute leiden muß. Daß sie mit ihm zusammen geblieben ist, seh' ich wohl; und daß sie sich wieder versöhnt haben, dafür ist der vierjährige Junge ein lebendiges Zeugnis; – aber man kann sich versöhnen, ohne zu verzeihen, und man kann verzeihen, ohne zu vergessen. – – Ich sollte fort, es wäre besser für uns beide.

In einer seltsamen, wehmütigen Schönheit steigt jenes ganze Jahr vor mir auf, und ich durchlebe alles aufs neue. Einzelheiten fallen mir wieder ein. Ich erinnere mich des Herbstmorgens, an dem ich, von meinem Vater begleitet, in der kleinen Stadt ankam, wo ich das letzte Gymnasialjahr zubringen sollte. Ich sehe das Schulgebäude deutlich wieder vor mir, mitten in dem Park mit seinen hohen Bäumen. Ich erinnere mich an mein ruhiges Arbeiten in dem schönen geräumigen Zimmer, an die freundlichen Gespräche über meine Zukunft, die ich bei Tisch mit dem Professor führte und denen Friederike lächelnd lauschte; an die Spaziergänge mit Kollegen auf die Landstraße hinaus bis zum nächsten Dorf; und alle Nichtigkeiten ergreifen mich so tief, als wenn sie meine Jugend zu bedeuten hätten. Wahrscheinlich würden alle diese Tage im tiefen Schatten des Vergessens liegen, wenn nicht von jener letzten Stunde ein geheimnisvoller Glanz auf sie zurückfiele. Und das Merkwürdigste ist: seit Friederike in meiner Nähe weilt, scheinen mir jene Tage sogar näher als die vom heurigen Mai, da ich das Fräulein liebte, das im Juni den Uhrmacher geheiratet hat.

Als ich heute frühmorgens an mein Fenster trat und auf die große Terrasse hinunterblickte, sah ich Friederike mit ihrem Buben an einem der Tische sitzen; sie waren die ersten Frühstücksgäste. Ihr Tisch war grade unter meinem Fenster, und ich rief ihr einen guten Morgen zu. Sie schaute auf. »So früh schon wach?« sagte sie. »Wollen Sie nicht zu uns kommen?«

In der nächsten Minute saß ich an ihrem Tisch. Es war ein wunderbarer Morgen, kühl und sonnig. Wir plauderten wieder über so gleichgültige Dinge als das letztemal, und doch war alles anders. Hinter unseren Worten glühte die Erinnerung. Wir gingen in den Wald. Da fing sie an, von sich zu sprechen und von ihrem Heim. »Bei uns ist alles noch geradeso wie damals«, sagte sie, »nur unser Garten ist schöner geworden; mein Mann verwendet jetzt viel Sorgfalt auf ihn, seit wir den Buben haben. Im nächsten Jahr bekommen wir sogar ein Glashaus.«

Sie plauderte weiter. »Seit zwei Jahren gibt es ein Theater bei uns, den ganzen Winter bis Palmsonntag wird gespielt. Ich gehe zwei-, dreimal in der Woche hinein, meistens mit meiner Mutter, der macht es großes Vergnügen.«

»Ich auch Theater!« rief der Kleine, den Friederike an der Hand führte.

»Freilich, du auch. Sonntag nachmittag«, wandte sie sich erklärend an mich, »spielen sie nämlich manchmal Stücke für die Kinder; da gehe ich mit dem Buben hin. Aber ich amüsiere mich auch sehr gut dabei.«

Von mir mußte ich ihr mancherlei erzählen. Nach meinem Beruf und anderen ernsten Dingen fragte sie wenig; sie wollte vielmehr wissen, wie ich meine freie Zeit verbrächte, und ließ sich gern über die geselligen Vergnügungen der großen Stadt berichten.

Die ganze Unterhaltung floß heiter fort; mit keinem Wort wurde jene gemeinschaftliche Erinnerung angedeutet – und doch war sie ihr gewiß ununterbrochen so gegenwärtig wie mir. Stundenlang spazierten wir herum, und ich fühlte mich beinahe glücklich. Manchmal ging der Kleine zwischen uns beiden, und da begegneten sich unsere Hände über seinen Locken. Aber wir taten beide, als wenn wir es nicht bemerkten, und redeten ganz unbefangen weiter.

Als ich wieder allein war, verflog mir die gute Stimmung bald. Denn plötzlich fühlte ich wieder, daß ich nichts von Friederike wußte. Es war mir unbegreiflich, daß mich diese Ungewißheit nicht während unseres ganzen Gesprächs gequält und es kam mir sonderbar vor, daß Friederike selbst nicht das Bedürfnis gehabt hatte, davon zu sprechen. Denn selbst wenn ich annehmen wollte, daß zwischen ihr und ihrem Manne seit Jahren jener Stunde nicht mehr gedacht worden war – sie selbst konnte sie doch nicht vergessen haben. Irgend etwas Ernstes mußte damals meinem stummen Abschied gefolgt sein – wie hat sie es vermocht, nicht davon zu reden? Hat sie vielleicht erwartet, daß ich selbst beginne? Was hat mich davon zurückgehalten? Dieselbe Scheu vielleicht, die ihr eine Frage verbot? Fürchten wir uns beide, daran zu rühren? Das ist wohl möglich. Und doch muß es endlich geschehen; denn bis dahin bleibt etwas zwischen uns, was uns trennt. Und daß uns etwas trennt, peinigt mich mehr als alles andere.

Nachmittag bin ich im Walde herumgeschlendert, dieselben Wege wie morgens mit ihr. Es war in mir, eine Sehnsucht wie nach einer unendlich Geliebten. Am späten Abend, ging ich an ihrem Haus vorbei, nachdem ich sie vergebens überall gesucht. Sie stand am Fenster. Ich rief hinauf, wie sie heute früh zu mir: »Kommen Sie nicht herunter?«

Sie sagte, kühl, wie mir vorkam: »Ich bin müd. Gute Nacht« – und schloß das Fenster.

In der Erinnerung erscheint mir Friederike in zwei verschiedenen Gestalten. Meist seh' ich sie als eine blasse, sanfte Frau, die, mit einem weißen Morgenkleid angetan, im Garten sitzt, wie eine Mutter zu mir ist und mir die Wangen streichelt. Hätte ich nur diese hier wiedergetroffen, so wäre meine Ruhe gewiß nicht gestört worden und ich läge nachmittags unter den schattigen Buchen wie in den ersten Tagen meines Hierseins.

Aber auch als eine völlig andere erscheint sie mir, wie ich sie doch nur einmal gesehen; und das war in der letzten Stunde, die ich in der kleinen Stadt verbrachte.

Es war der Tag, an dem ich mein Abiturientenzeugnis bekommen hatte. Wie alle Tage hatte ich mit dem Professor und seiner Frau zu Mittag gespeist, und, da ich nicht zur Bahn begleitet werden wollte, hatten wir einander gleich beim Aufstehen vom Tische Adieu gesagt. Ich empfand durchaus keine Rührung. Erst wie ich in meinem kahlgeräumten Zimmer auf dem Bette saß, den gepackten Koffer zu meinen Füßen, und zu dem weit offenen Fenster hinaus über das zarte Laub des Gärtchens zu den weißen Wolken sah, die regungslos über den Hügeln standen, kam leicht, beinahe schmeichelnd, die Wehmut des Abschiedes über mich. Plötzlich öffnete sich die Tür. Friederike trat herein. Ich erhob mich rasch. Sie trat näher, lehnte sich an den Tisch, stützte beide Hände nach rückwärts auf dessen Kante und sah mich ernst an. Ganz leise sagte sie: »Also heute?« Ich nickte nur und fühlte das erstemal sehr tief, wie traurig es eigentlich war, daß ich von hier fort mußte. Sie schaute eine Weile zu Boden und schwieg. Dann erhob sie den Kopf und kam näher auf mich zu. Sie legte beide Hände ganz leicht auf meine Haare, wie sie es ja schon früher oft getan, aber ich wußte in diesem Moment, daß es etwas anderes bedeutete als sonst. Dann ließ sie ihre Hände langsam über meine Wangen heruntergleiten, und ihr Blick ruhte mit unendlicher Innigkeit auf mir. Sie schüttelte den Kopf mit einem schmerzlichen Ausdruck, als könnte sie irgend etwas nicht fassen. »Mußt du denn schon heute weg?« fragte sie leise. – »Ja«, sagte ich. – »Auf immer?« rief sie aus. »Nein«, antwortete ich. – »O ja«, sagte sie mit schmerzlichem Zukken der Lippen, »es ist auf immer. Wenn du uns auch einmal besuchen wirst ... in zwei oder drei Jahren – heute gehst du doch für immer von uns fort.« – Sie sagte das mit einer Zärtlichkeit, die gar nichts Mütterliches mehr hatte. Mich durchschauerte es. Und plötzlich küßte sie mich. Zuerst dachte ich nur: das hat sie ja nie getan. Aber als ihre Lippen sich von den meinen gar nicht lösen wollten, verstand ich, was dieser Kuß zu bedeuten hatte. Ich war verwirrt und glücklich; ich hätte weinen mögen. Sie hatte die Arme um meinen Hals geschlungen, ich sank, als wenn sie mich hingedrängt hätte, in die Ecke des Diwans; Friederike lag mir zu Füßen auf den Knien und zog meinen Mund zu dem ihren herab. Dann nahm sie meine beiden Hände und vergrub ihr Gesicht darin. Ich flüsterte ihren Namen und staunte, wie schön er war. Der Duft von ihren Haaren stieg zu mir auf; ich atmete ihn mit Entzücken ein ... In diesem Augenblicke – ich glaubte vor Schrecken starr zu werden – öffnet sich leise die

Tür, die nur angelehnt war, und Friederikens Mann steht da. Ich will aufschreien, bringe aber keinen Laut hervor. Ich starre ihm ins Gesicht – ich kann nicht sehen, ob sich irgendwas in seinem Ausdruck verändert – denn noch im selben Augenblick ist er wieder verschwunden und die Tür geschlossen. Ich will mich erheben, meine Hände befreien, auf denen noch immer Friederikens Antlitz ruht, will sprechen, stoße mühsam wieder ihren Namen hervor – da springt sie selbst mit einem Male auf – totenbleich – flüstert mir beinahe gebieterisch zu: »Schweig!« und steht eine Sekunde lang regungslos da, das Gesicht der Türe zugewandt, als wolle sie lauschen. Dann öffnet sie leicht und blickt durch die Spalte hinaus. Ich stehe atemlos. Jetzt öffnet sie ganz, nimmt mich bei der Hand und flüstert: »Geh, geh, rasch.« Sie schiebt mich hinaus – ich schleiche rasch über den kleinen Gang bis zur Stiege, dann wende ich mich noch einmal um – und sehe sie an der Türe stehen, mit unsäglicher Angst in den Mienen, und mit einer heftigen Handbewegung, die mir andeutet: fort! fort! Und ich stürze davon.

An das, was zunächst geschah, denke ich wie an einen tollen Traum. Ich bin zum Bahnhof geeilt, von tödlicher Angst gepeinigt. Ich bin die Nacht durchgefahren und habe mich im Kupee schlaflos herumgewälzt. Ich bin zu Hause angekommen, habe erwartet, daß meine Eltern schon von allem unterrichtet seien und bin beinahe erstaunt gewesen, als sie mich mit Freundlichkeit und Freude empfingen. Dann habe ich noch tagelang in heftiger Erregung hingebracht, auf irgend etwas Schreckliches gefaßt; und jedes Klingeln an der Türe, jeder Brief machte mich zittern. Endlich kam eine Nachricht, die mich beruhigte: es war eine Karte von einem Schulkameraden, der in der kleinen Stadt zu Hause war, und der mir harmlose Neuigkeiten und lustige Grüße sandte. Also, es war nichts Entsetzliches geschehen, zum mindesten war es zu keinem öffentlichen Skandal gekommen. Ich durfte glauben, daß sich zwischen Mann und Frau alles im stillen abgespielt, daß er ihr verziehen, daß sie bereut hatte.

Trotzdem lebte dieses erste Abenteuer in meiner Erinnerung anfangs als etwas Trauriges, beinahe Düsteres, fort, und ich erschien mir wie einer, der ohne Schuld den Frieden eines Hauses vernichtet hat. Allmählich verschwand diese Empfindung, und später erst, als ich in neuen Erlebnissen jene Stunde besser und tiefer verstehen lernte, kam zuweilen eine seltsame Sehnsucht nach Friederike über mich – wie der Schmerz darüber, daß eine wunderbare Verheißung sich nicht erfüllt hätte: Aber auch diese Sehnsucht ging vorüber, und so war es geschehen, daß ich die junge Frau beinahe völlig vergessen hatte. – Nun aber ist mit einemmal alles wieder da, was jenes Geschehnis damals zum Erlebnis machte; und alles ist heftiger als damals, denn ich liebe Friederike.

Heute scheint mir alles so klar, was mir noch in den letzten Tagen rätselhaft gewesen ist. Wir sind spät abends am Strand gesessen, wir zwei allein; der Junge war schon zu Bette gebracht. Ich hatte sie am Vormittag gebeten, zu kommen; ganz harmlos; nur von der nächtlichen Schönheit des Meeres hatte ich gesprochen, und wie wunderbar es wäre, wenn alles ganz still ringsum, am Ufer zu sein und in die große Dunkelheit hinauszublicken. Sie hatte nichts gesagt, aber ich wußte, daß sie kommen würde. Und nun sind wir am Strand gesessen, beinahe schweigend, unsere Hände ineinander geschlungen, und ich fühlte, daß Friederike mir gehören mußte, wann ich wollte. Wozu über das Vergangene reden, dachte ich – und ich wußte, daß *sie* von unserem ersten Wiedersehen an so gedacht. Sind wir denn noch dieselben, die wir damals waren? Wir sind so leicht, so frei; die Erinnerungen flattern hoch über uns, wie ferne Sommervögel. Vielleicht hat sie noch manches andere erlebt während der sieben Jahre, wie ich; – was geht es mich an? Jetzt sind wir Menschen von heute und streben zu einander. Sie war gestern vielleicht eine Unglückliche, vielleicht eine Leichtsinnige; heute sitzt sie schweigend neben mir am Meer und hält meine Hand und sehnt sich, in meinen Armen zu sein.

Langsam begleitete ich sie die wenigen Schritte bis zu ihrem Hause. Lange schwarze Schatten warfen die Bäume längs der Straße.

»Wir wollen morgen früh eine Fahrt im Segelboot machen«, sagte ich.

»Ja«, erwiderte sie.

»Ich werde an der Brücke warten, um sieben Uhr ...«

»Wohin?« fragte sie.

»Zu der Insel drüben ... wo der Leuchtturm steht, sehen Sie ihn?«

»O ja, das rote Licht. Ist es weit?«

»Eine Stunde; – wir können sehr bald zurück sein.«

»Gute Nacht«, sagte sie und trat in die Hausflur.

Ich ging. In ein paar Tagen wirst du mich vielleicht wieder vergessen haben, dachte ich, aber morgen ist ein schöner Tag.

Ich war früher auf der Brücke als sie. Das kleine Boot wartete; der alte Jansen hatte die Segel aufgespannt und rauchte, am Steuer sitzend, seine Pfeife. Ich sprang zu ihm hinein und ließ mich von den Wellen schaukeln. Ich schlürfte die Minuten der Erwartung ein wie einen Morgentrunk. Die Straße, auf die ich meinen Blick gerichtet hatte, war noch ganz menschenleer. Nach einer Viertelstunde erschien Friederike. Schon von weitem sah ich sie, es schien mir, als ginge sie rascher als sonst: als sie die Brücke betrat, erhob ich mich; jetzt erst konnte sie mich sehen und grüßte mich mit einem Lächeln. Endlich war sie am Ende der Brücke, ich reichte ihr die Hand und half ihr ins Boot. Jansen machte das Tau los, und unser Schiff glitt davon. Wir saßen eng beieinander; sie hing sich in meinen Arm. Sie war ganz weiß gekleidet und sah aus wie ein achtzehnjähriges Mädchen.

»Was gibt's auf dieser Insel zu sehen?« fragte sie. Ich mußte lächeln.

Sie errötete und sagte: »Der Leuchtturm jedenfalls?«

»Vielleicht auch die Kirche«, setzte ich dazu.

»Fragen Sie doch den Mann ...« Sie wies auf Jansen.

Ich fragte ihn. »Wie alt ist die Kirche auf der Insel?«

Aber er verstand kein Wort deutsch; und so konnten wir uns nach diesem Versuch noch einsamer miteinander fühlen als früher.

»Dort drüben«, sagte sie und wies mit den Augen hin – »ist das auch eine Insel?«

»Nein«, antwortete ich, »das ist Schweden selbst, das Festland.«

»Das wär noch schöner«, sagte sie.

»Ja«, erwiderte ich – »aber dort müßte man bleiben können lang ... immer –»

Wenn sie mir jetzt gesagt hätte: Komm, wir wollen zusammen in ein anderes Land und wollen nie wieder zurück – ich wäre darauf eingegangen. Wie wir so auf dem Boote hinglitten, von der reinen Luft umspielt, den hellen Himmel über uns und um uns das glitzernde Wasser, da schien es mir eine festliche Fahrt, wir selbst ein königliches Paar, und alle früheren Bedingungen unseres Daseins abgefallen.

Bald konnten wir die kleinen Häuser auf der Insel unterscheiden; die weiße Kirche auf dem Hügel, der sich, allmählich ansteigend, der ganzen Insel entlang hinzog, bot sich in schärferen Umrissen dar. Unser Boot flog geradwegs dem Ufer entgegen. In unserer Nähe zeigten sich kleine Fischerkähne; einige, an denen die Ruder eingezogen waren, trieben lässig auf dem Wasser hin. Friederike hatte den Blick meist auf die Insel gerichtet; aber sie *schaute* nicht. In weniger als einer Stunde fuhren wir in den Hafen ein, der rings von einer hölzernen Brücke umschlossen war, so daß man sich in einem kleinen Teich vermeinen konnte.

Ein paar Kinder standen auf der Brücke. Wir stiegen aus und gingen langsam ans Ufer; die Kinder hinter uns; aber die verloren sich bald. Das ganze Dorf lag vor uns; es bestand aus höchstens zwanzig Häusern, die rings verstreut waren. Wir sanken fast in den dünnen, braunen Sand ein, den das Wasser hier angeschwemmt hat. Auf einem sonnbeglänzten freien Platz, der bis ans Meer hinunterreichte, hingen Netze, zum Trocknen ausgebreitet; ein paar Weiber saßen vor den Haustüren und flickten Netze: Nach hundert Schritten waren wir ganz allein. Wir waren auf einen schmalen Weg geraten, der uns von den Häusern fort dem Ende der Insel zuführte, wo der Leuchtturm stand. Zu unserer Linken, durch ärmliches Ackerland, das immer schmäler wurde, von uns getrennt, lag das Meer; zu unserer Rechten stieg der Hügel an, auf dessen Kamm wir den Weg zur Kirche laufen sahen, die in unserem Rücken war. Über all dem lag schwer die Sonne und das Schweigen. – Friederike und ich hatten die ganze Zeit über nichts gesprochen. Ich fühlte auch kein Verlangen darnach; mir war unendlich wohl, so mit ihr in der großen Stille hinzuwandeln.

Aber sie begann zu sprechen.

»Heute vor acht Tagen«, sagte sie …

»Nun –?«

»Da hab ich noch nichts gewußt … noch nicht einmal, wohin ich reisen werde.«

Ich antwortete nichts.

»Ah, ist's da schön«, rief sie aus und ergriff meine Hand.

Ich fühlte mich zu ihr hingezogen; am liebsten hätte ich sie in meine Arme geschlossen und auf die Augen geküßt.

»Ja?« fragte ich leise.

Sie schwieg und wurde eher ernst.

Wir waren bis zu dem Häuschen gekommen, das an den Leuchtturm angebaut war; hier endete der Weg; wir mußten umkehren. Ein schmaler Feldweg führte ziemlich steil den Hügel hinan. Ich zögerte.

»Kommen Sie«, sagte sie.

Wie wir jetzt gingen, hatten wir die Kirche im Auge. Ihr näherten wir uns. Es war sehr warm. Ich legte meinen Arm um Friederikens Hals; sie mußte ganz nahe bei mir bleiben, wenn sie nicht abgleiten wollte. Ich berührte mit der Hand ihre heißen Wangen.

»Warum haben wir eigentlich die ganze Zeit nichts von Ihnen gehört?« fragte sie plötzlich – »ich wenigstens«, setzte sie hinzu, indem sie zu mir aufschaute.

»Warum«, wiederholte ich befremdet. – »Nun ja!«

»Wie konnte ich denn?«

»O *darum*», sagte sie. »Waren Sie denn verletzt?«

Ich war zu sehr erstaunt, um etwas erwidern zu können.

»Nun, was haben Sie sich eigentlich gedacht?«

»Was ich mir –»

»Ja – – oder erinnern Sie sich gar nicht mehr?«

»Gewiß, ich erinnere mich. Warum sprechen Sie jetzt davon?«

»Ich wollte Sie schon lange fragen«, sagte sie.

»So sprechen Sie«, erwiderte ich tief bewegt.

»Sie haben es für eine Laune gehalten – o gewiß!« setzte sie lebhaft hinzu, als sie merkte, daß ich etwas entgegnen wollte – »aber ich sage Ihnen, es war keine. Ich habe mehr gelitten in jenem Jahre, als ein Mensch weiß.«

»In welchem?«

»Nun ... als Sie bei uns ... Warum fragen Sie das? – Anfangs habe ich mir selbst ... Aber warum erzähle ich Ihnen das?«

Ich faßte heftig ihren Arm. »Erzählen Sie ... ich bitte Sie ... ich habe Sie ja lieb.«

»Und ich dich«, rief sie plötzlich aus; nahm meine beiden Hände und küßte sie – »immer – immer.«

»Ich bitte dich, erzähle mir weiter«, sagte ich; »und alles, alles ...«

Sie sprach, während wir langsam den Feldweg in der Sonne weiterschritten.

»Anfangs habe ich mir selbst gesagt: er ist ein Kind ... wie eine Mutter habe ich ihn gern. Aber je näher die Stunde kam, um die Sie abreisen sollten ...«

Sie unterbrach sich eine Weile, dann sprach sie weiter: »Und endlich war die Stunde da. – Ich habe nicht zu dir wollen – ich weiß nicht, was mich hinaufgetrieben hat. Und wie ich schon bei dir war, hab ich dich auch nicht küssen wollen – aber ...«

»Weiter, weiter«, sagte ich.

»Und dann hab ich dir plötzlich gesagt, daß du gehen sollst – du hast wohl gemeint, das ganze war eine Komödie, nicht wahr?«

»Ich verstehe dich nicht.«

»Das habe ich die ganze Zeit gedacht. Ich habe dir sogar schreiben wollen ... Aber wozu? ... Also ... der Grund, daß ich dich weggeschickt habe, war ... Ich hatte mit einem Male Angst bekommen.«

»Das weiß ich.«

»Wenn du das weißt – warum hab ich nie wieder von dir gehört?« rief sie lebhaft aus.

»Warum hast du Angst bekommen?« fragte ich, allmählich verstehend.

»Weil ich glaubte, es wäre jemand in der Nähe.«

»Du glaubtest? Wie kam das?«

»Ich meinte Schritte auf dem Gang zu hören. Das wars. Schritte! Ich dachte, *er* wär es ... Da hat mich die Furcht gepackt – denn es wäre entsetzlich gewesen, wenn er – o, ich will gar nicht daran denken. – Aber niemand war da – niemand. Erst spät am Abend ist er nach Hause gekommen, du warst längst, längst fort.« – Während sie das erzählte, fühlte ich, wie irgend etwas in meinem Innern erstarrte. Und als sie geendet hatte, schaute ich sie an, als müßte ich sie fragen: Wer bist du?

Ich wandte mich unwillkürlich nach dem Hafen, wo ich die Segel unseres Bootes glänzen sah, und ich dachte: Wie lange, wie unendlich lange ist es her, daß wir auf diese Insel gekommen sind? Denn ich bin mit einer Frau hier gelandet, die ich geliebt habe, und jetzt geht eine Fremde an meiner Seite. Es war mir unmöglich, auch nur ein Wort zu sprechen. Sie merkte es kaum; sie hatte sich in meinen Arm gehängt und hielt es wohl für zärtliches Schweigen. Ich dachte an *ihn*. Er hat es ihr also nie gesagt! Sie weiß es nicht, sie hat es nie gewußt, daß er sie zu meinen Füßen liegen sah. Er hat sich damals von der Tür wieder davongeschlichen und ist erst später … stundenlang später zurückgekommen und hat ihr nichts gesagt! Und er hat die ganzen Jahre an ihrer Seite weitergelebt, ohne sich mit einem Worte zu verraten! Er hat ihr verziehen – und sie hat es nicht gewußt!

Wir waren in der Nähe der Kirche angelangt; kaum zehn Schritte vor uns lag sie. Hier bog ein steiler Weg ab, der in wenigen Minuten ins Dorf führen mußte. Ich schlug ihn ein. Sie folgte mir.

»Gib mir die Hand«, sagte sie, »ich gleite aus.« Ich reichte sie ihr, ohne mich umzuwenden. »Was hast du denn?« fragte sie. Ich konnte nichts antworten und drückte ihr nur heftig die Hand, was sie zu beruhigen schien. Dann sagte ich, nur um etwas zu reden: »Es ist schade, wir hätten die Kirche besichtigen können.«

Sie lachte: »An der sind wir ja vorüber, ohne es zu merken!«

»Wollen Sie zurück?« fragte ich.

»O nein, ich freue mich, bald wieder im Boot zu sitzen. Einmal möchte ich mit Ihnen allein so eine Segelpartie machen, ohne diesen Mann.«

»Ich verstehe mich nicht auf Segeln.«

»O«, sagte sie und hielt inne, als wäre ihr plötzlich etwas eingefallen, was sie doch nicht sagen wollte. – Ich fragte nicht. Bald waren wir auf der Brücke. Das Boot lag bereit. Die Kinder waren wieder da, die uns beim Kommen begrüßt hatten. Sie sahen uns mit großen blauen Augen an. Wir segelten ab. Das Meer war ruhiger geworden; wenn man die

Augen schloß, merkte man kaum, daß man sich in Bewegung befand.

»Zu meinen Füßen sollen Sie liegen«, sagte Friederike, und ich streckte mich am Boden des Kahnes aus, legte meinen Kopf auf den Schoß Friederikens. Es war mir recht, daß ich ihr nicht ins Gesicht sehen mußte. Sie sprach, und mir war, als klänge es aus weiter Ferne. Ich verstand alles und konnte doch zugleich meine Gedanken weiter denken.

Mich schauderte vor ihr.

»Heute abend fahren wir zusammen aufs Meer hinaus«, sagte sie.

Etwas Gespenstisches schien mir um sie zu gleiten.

»Heut abend aufs Meer«, wiederholte sie langsam, »auf einem Ruderboot. Rudern kannst du doch?«

»Ja«, sagte ich. Mich schauderte vor dem tiefen Verzeihen, das sie schweigend umhüllte, ohne daß sie es wußte.

Sie sprach weiter. »Wir werden uns ins Meer hinaustreiben lassen – und werden allein sein. – Warum redest du nicht?« fragte sie.

»Ich bin glücklich«, sagte ich.

Mir schauerte vor dem stummen Schicksal, das sie seit so vielen Jahren erlebt, ohne es zu ahnen.

Wir glitten hin.

Einen Augenblick fuhr es mir durch den Sinn: Sag es ihr. Nimm dieses Unheimliche von ihr; dann wird sie wieder ein Weib sein für dich wie andere, und du wirst sie begehren. Aber ich durfte es nicht.

Wir legten an. Ich sprang aus dem Boot; half ihr beim Aussteigen.

»Der Bub wird sich schon nach mir sehnen. Ich muß rasch gehen. Lassen Sie mich jetzt allein.«

Es war lebhaft am Strand; ich merkte, daß wir von einigen Leuten beobachtet wurden.

»Und heute abend«, sagte sie, »um neun bin ich ... aber was hast du denn?«

»Ich bin sehr glücklich«, sagte ich.

»Heute abend«, sagte sie, »um neun Uhr bin ich hier am Strand, bin ich bei dir. – Auf Wiedersehen!«

Und sie eilte davon.

»Auf Wiedersehen!« sagte auch ich und blieb stehen. – Aber ich werde sie nie wiedersehen.

Während ich diese Zeilen schreibe, bin ich schon weit fort – weiter mit jeder Sekunde; ich schreibe sie in einem Kupee des Eisenbahnzuges, der vor einer Stunde von Kopenhagen abgefahren ist. Eben ist es neun. Jetzt steht sie am Strande und wartet auf mich. Wenn ich die Augen schließe, sehe ich die Gestalt vor mir. Aber es ist nicht eine Frau, die dort am Ufer im Halbdunkel hin und her wandelt – ein Schatten gleitet auf und ab.

Elke Heidenreich

Die schönsten Jahre

Ich bin einmal, nur ein einziges Mal mit meiner Mutter zusammen verreist. Da war sie achtzig Jahre alt und noch sehr gerade, sehr energisch und tatkräftig, und ich war fünfundvierzig und hatte Rückenschmerzen, fühlte mich ziemlich alt und war alles andere als zufrieden mit meinem Leben. Meine Mutter lebte in einer ordentlichen Wohnung in einer Kleinstadt im Süden und ich in einer unordentlichen in einer Großstadt im Norden. Als sie älter wurde, besuchte ich sie öfter – notgedrungen, denn wir verstanden uns nicht besonders gut. Aber ich dachte, sie würde mich vielleicht brauchen, müßte doch in diesem Alter allmählich schwächer, schusseliger und vergeßlicher werden, und so reiste ich alle paar Monate an, um irgend etwas bei Behörden für sie zu erledigen, den Großeinkauf mit dem Auto bei Aldi zu machen, auf die Leiter zu steigen, die Gardinen abzunehmen und zu waschen, im Frühling den Balkon zu bepflanzen und im Herbst alles zurückzuschneiden und die Töpfe in den Keller zu tragen – was man eben so macht als einzige Tochter, aus Pflichtgefühl, nicht unbedingt aus Liebe. Und immer kam es mir so vor, als wäre ich es, die schwächer, schusseliger und vergeßlicher würde und nicht sie. Sie sah mir zu, wie ich mit den Gardinen auf der Leiter stand, gab Anweisungen, rügte: »Du machst sie mit deinen Pfoten ja gleich wieder dreckig«, oder fand, daß ich die Azaleen ganz falsch zurückgeschnitten hätte. Sie bedankte sich auch nie, konnte es nicht einmal über sich bringen, »das hast du gut gemacht, Nina« zu sagen. Das hatte sie nie gekonnt. Bei uns zu Hause wurde nicht gelobt. »Na also, es geht doch!« war das Höchste, was meiner Mutter an Anerkennung über die Lippen kam, und das war schon so gewesen, als ich noch ein Kind war und gute Noten aus der Schule nach Hause brachte – »Na also, es geht doch.«

Ich wohnte immer im Hotel, wenn ich sie besuchte, und Herr Bürger, der Empfangschef, küßte mir jedesmal die Hand, wenn ich kam und sagte: »Frau Rosenbaum, es ist absolut beeindruckend, wie liebevoll Sie sich um Ihre reizende Frau Mama kümmern, das würden nicht viele Töchter tun, noch dazu, wo Sie doch so beschäftigt sind.«

Ich arbeitete damals für eine Zeitung, und immer hatte er mir die Zeitung schon aufs Zimmer bringen lassen, druckfrisch, und hatte mit einem Ausrufungszeichen angestrichen, wenn etwas von mir drin stand, als würde ich das nicht selbst sehen. Ich ging dann nach oben, versuchte, mich in die Zeitung zu vertiefen und nicht an meine Mutter zu denken, die in ihrer Wohnung jetzt einen genauso idiotischen einsamen Abend verbrachte wie ich hier im Hotel. Warum war es nicht möglich, vergnügt und friedlich mit ihr bei einer Flasche Wein zusammenzusitzen? Warum konnten wir nicht einfach einen netten Abend miteinander verbringen, ein bißchen lachen, ein bißchen ›weißt du noch …?‹ sagen und einfach erzählen? Weil es kein ›weißt du noch‹ gab, und wenn, war es vermint. Und weil wir in nichts einer Meinung waren. Wir hatten nur fünfzehn Jahre zusammengelebt, meine ersten fünfzehn Jahre. Danach waren unsere Treffen auf Besuche beschränkt, ich bei ihr, sie bei mir, und wir lebten eher gegen- oder bestenfalls nebeneinander als miteinander. Wir mochten nicht dieselben Menschen, nicht dieselben Dinge.

Das fing schon beim Wein an. Ich liebe gute, trockene Weine. Sie kaufte, auch wenn sie wußte, daß ich kam, dieses billige Zeug mit Schraubverschluß, angeblich, weil sie keine Kraft hatte, den Korken aus der Flasche zu ziehen. Ich hatte ihr schon mindestens fünf praktische Korkenzieher geschenkt, immer wieder neue, verbesserte Modelle, die man ohne großen Kraftaufwand anwenden konnte. Die lagen alle in der Küchenschublade, und nach wie vor gab es irgendeinen Schraubverschlußwein der Marke »lieblich«, und kalt gestellt war er auch nie. Aber ich hätte selbst den getrunken, zur Schorle veredelt mit kaltem Mineralwasser (»ich hab aber nur welches ohne Kohlensäure!«), wenn es nicht immer wieder diese Diskussionen gegeben hätte – über mich, die Art, wie ich mich anzog, über das, was ich in der Zeitung schrieb, über meine Gesundheit und wie unachtsam ich damit umging, über mein leichtsinniges Verhältnis zum Geld. Unweigerlich fing sie irgendwann mit diesen Lieblingsthemen an, und der Abend war gelaufen. Wenn dann noch kam »Du wirst deinem Vater immer ähnlicher«, dann wußte ich, daß wir uns auf gefährlichem Gelände bewegten und daß es höchste Zeit war, zu gehen.

Mein Vater war seit fast dreißig Jahren tot, aber ihr Zorn auf ihn hatte nie nachgelassen, und diesen Zorn übertrug sie auf mich. Ich hatte, wie sie sagte, »seine ganze Art« geerbt, was immer das heißen mochte, und auf irgendeine Weise waren wir beide daran schuld, daß ihr Leben nicht so verlaufen war, wie es hätte verlaufen können.

»Du wirst auch nicht alt, genau wie er, wenn du so weitermachst«, kam dann meist noch nach. So weitermachen, das hieß: wenn ich weiterhin rauchte, Weißwein statt Kräutertee trank, keinen Sport trieb – Mutter ging noch mit achtzig fast täglich zum Schwimmen – und meine Ehe mit wechselnden Affären ruinierte. Sie wußte davon, weil meine Cousine Margret, mit der ich schon seit zwanzig Jahren kein Wort mehr redete, leider in derselben Stadt wohnte wie ich und ab und zu etwas mitkriegte, meine Mutter anrief und sagte: »Tante Nellie, hast du schon gehört, was Nina wieder angestellt hat?«

»Du kommst nie zur Ruhe«, seufzte meine Mutter. »Wie dein Vater.«

»Die Liebe ist eben eine ewige Baustelle«, sagte ich so leichthin wie möglich, und meine Mutter schüttelte den Kopf und sagte: »Jeder Mensch kann nur einmal in seinem Leben richtig lieben. Bei mir war es jedenfalls so.«

Daß diese eine richtige Liebe mein Vater gewesen sein sollte, konnte ich nicht glauben, sie waren fürchterlich miteinander umgegangen, und nach seinem Tod war meine Mutter damals richtig aufgeblüht und hatte nie mehr einen Mann in ihre Nähe gelassen. Also mußte sich da vor der Ehe etwas abgespielt haben, aber mit wem? Und vor allem: wann? Sie hatte doch schon mit zwanzig geheiratet. Als ich geboren wurde, waren meine Eltern bereits fünfzehn Jahre verheiratet, ich war im Kriegsurlaub gezeugt worden, das ungewollte Zufallskind, noch in den letzten Kriegsjahren geboren. »Ich wollte kein Kind«, hatte meine Mutter oft genug gesagt. »Wir wollten alle kein Kind damals, der Krieg lag ja immer mit im Bett.« Und vorher, was konnte denn vorher schon gewesen sein an umwerfenden Liebesgeschichten? Meine Mutter sprach nie über diese einmal kurz angedeutete

Liebe, sie erzählte kaum von früher, und ich wußte fast nichts über meine, ihre, meines Vaters Familie, weil wir entweder mit allen Streit hatten oder zu viele inzwischen schon längst tot waren. Tot und nicht mehr da, nicht einmal in den Erinnerungen.

Wenn ich nachfragte, setzte sie ein abweisendes, fast angewidertes Gesicht auf. »In meiner Familie war alles tragisch, in seiner alles chaotisch«, sagte sie dann, und das Thema war erledigt, bis auf den Zusatz: »Du schlägst nach seiner.«

Das wußte ich ja nun schon zur Genüge und ging, um die Diskussion zu beenden, ins Bad, wo ich mich lange im Spiegel betrachtete und nach Ähnlichkeiten mit ihr suchte. Ich hatte ihre Hände und ihre skeptischen Falten auf der Stirn – mehr nicht, hoffte ich. Und dann öffnete ich die Toilettenschränkchen und sah, was ich schon vermutet hatte: all die teuren Kosmetika, die ich ihr schickte – gute Cremes, Hautöl, Duftseifen –, lagen unangebrochen in den Schubladen. Sie benutzte nach wie vor nur Nivea-Seife und Nivea-Creme. »Mehr brauche ich nicht«, sagte sie, »das reicht, Fett und Flüssigkeit, alles andere ist dummes Zeug.« Alles, was ich ihr schenkte, verschwand als »dummes Zeug« in den Schubladen der Schränke – Hausschuhe, warme Strickjacken, zusammenfaltbare Einkaufstaschen –, meine Geschenke waren immer falsch. »Danke, aber das wär doch nicht nötig gewesen«, sagte sie, wenn ich am Telefon fragte, ob sie sich denn über das Weihnachtspaket gefreut hätte, und: »Ich hab doch alles. Wenn du endlich glücklich würdest oder wenigstens ein bißchen geduldiger, das wäre für mich die größte Freude.« Ich muß aber zugeben, daß ich die Geschenke meiner Mutter auch nicht mochte – weiße Angora-Unterwäsche in kränkenden Größen, Schnapspralinen, auf denen der

Preis noch klebte, Gesundheitssandalen aus dem Reformhaus. Wir konnten beide nicht geben, und wir konnten nicht nehmen – zumindest nicht für- und voneinander.

Wenn ich mich beruhigt hatte, ging ich wieder zu ihr ins Wohnzimmer, brach aber meist bald auf. Bis ich ging, erzählte sie wie viele alte Leute, die zu lange allein sind und das, was sie erleben, an niemanden mehr loswerden können, atemlos und fast ohne Punkt und Komma:

»Neulich bei dem schönen Wetter habe ich den Mann mit den langen Haaren wiedergetroffen, warum der die nicht mal schneidet, wissen die Götter, er sagte, gucken Sie mal, die grünen Wiesen, wie schön wir es hier haben, und die blöden Leute müssen dauernd verreisen, ich verstehe nicht warum, soll ich Ihnen was sagen, Bekannte von mir, zwo Komma fünf und null! Null! Ich wußte erst gar nicht, was er meinte, aber er meinte, daß Bekannte von ihm ins Gebirge gefahren waren, 2500 Meter hoch und es lag gar kein Schnee! Das ist schon ein komischer Heiliger, der. Die Frau ist ja schon lange tot, ich frage mich, wie der lebt, ob der sich jeden Tag was kocht? Gesund sieht er nicht aus, ist mir aber auch egal. Und weißt du, wen ich auch wiedergetroffen habe? Die Frau mit den Pudeln, die wie Schäfchen aussehen, und ich hab gefragt, wo ist denn Herr Brenner mit dem Rollstuhl, den hab ich so lange nicht gesehen, wissen Sie das denn nicht, sagt sie, der ist doch tot, und ich sage, na, da wird die Frau aber froh sein, die wollte ja schon lange, daß der endlich stirbt, sie hat ihn ja mal mit der Nichte im Bett erwischt, und seitdem war die Ehe im Teich. Ich weiß nicht, was das immer für ein Trieb ist bei den Männern, aber du hast den ja anscheinend auch. Früher ist der immer hoch zu Roß herumgeritten, aber dann der Schlaganfall, ja, so kann es gehen, und die Frau mit den Pudeln sagt, daß die jetzt so haaren, weil das Wetter umschlägt, mich könntest du mit Pudeln ja jagen, was findet man an Pudeln. Du siehst schlecht aus, ich seh das immer sofort, wenn du zuwenig schläfst.«

Das war dann so ein Moment, wo sie eine kleine Pause machte, und ich konnte sagen: »Ja, ich geh dann jetzt auch mal ins Bett«, und ich durfte endlich weg.

Nie redeten wir über Dinge, die mit uns zu tun gehabt hätten.

Beim Abschied küßten wir rechts und links die Luft neben unsern Gesichtern und berührten uns nicht. Ich kann mich nicht erinnern, wann meine Mutter mich je in den Arm genommen, gestreichelt, getröstet, berührt hätte. Als Kind hat sie mich oft geohrfeigt. Das waren die einzigen Berührungen zwischen uns, an die ich mich erinnern konnte.

Wenn ich dann ins Hotel kam und Herr Bürger sagte: »Frau Rosenbaum, neulich habe ich Ihre Frau Mama bei Aldi getroffen, erstaunlich, wie rüstig sie noch ist! Und immer so gepflegt, und wie gerade sie sich hält! Das haben Sie von ihr. Wissen Sie was? Sie werden ihr immer ähnlicher«, dann war ich fix und fertig, brauchte ein heißes Bad und eine Minibar.

An ihrem achtzigsten Geburtstag hatte sie sich Gäste eingeladen, lauter ältere Damen. In so einem Kreis war ich dann manchmal die Vorzeigetochter von der Zeitung, deren Mann ein gut verdienender Zahnarzt war. Dann fielen zum Beispiel Sätze wie: »Meine Tochter steht sich ja sehr gut«, oder: »Neulich hat Nina eine ganze Seite über Greenpeace geschrieben«, und diesmal sagte sie: »Nina fährt morgen nach Italien, sie arbeitet dort für ihre Zeitung«, und die alten Damen waren sehr beeindruckt.

Es stimmte, ich wollte nach Mailand fahren, aber nicht, um zu arbeiten. Ich wollte Flora wiedersehen. Flora und ich hatten uns vor ein paar Wochen in New York kennengelernt und uns unbeschreiblich ineinander verliebt. Wir wollten jetzt prüfen, was von diesem Blitz geblieben war, der in uns beide eingeschlagen hatte, am ersten Abend, sofort, bei den ersten Sätzen und Blicken, gleich als sie auf diese Party kam, auf der Ludwig und ich auch waren. Wir standen zusammen und sahen uns an und redeten und redeten und waren außer uns vor Glück und Erstaunen, Flora und ich. Sie war vierzig, lebte allein, war immer die Geliebte verheirateter Männer gewesen. Eine kurze Beziehung zu einer Frau hatte es in ihrem Leben schon gegeben – in meinem noch nie. Ich hatte nie auch nur daran gedacht, aber manchmal etwas neidisch Frauen zugesehen, die sich liebevoll umarmten. Es war etwas anderes, als wenn sich einfach nur Freundinnen umarmten, und ich spürte seit Jahren so eine vage Sehnsucht danach, von einer Frau geliebt zu werden. Als ich Flora sah, ihr ovales Gesicht, ihre dunklen Augen, war ich hingerissen und so verliebt, wie es mir bis dahin eben nur mit Männern passiert war, und sie reagierte leidenschaftlich und intensiv. Als Ludwig nach Deutschland zurückflog, blieb ich noch und erlebte mit ihr die zärtlichste, aufregendste, die schönste Woche meines Lebens. Ich hatte nicht gewußt, wie wunderbar es ist, von einer Frau umarmt und geliebt zu werden, und ich sah meine Mutter an und dachte: ›Du hast mich immer nur weggestoßen. Vielleicht muß ich jetzt etwas nachholen‹, und sie fragte: »Warum siehst du mich so an?« – »Nichts«, sagte ich und dachte: ›Wenn du das wüßtest! Aber das weißt du nicht, das weiß niemand, nur Ludwig ahnt etwas, aber er interessiert sich nicht mehr genug für mich, um nachzufragen.‹

Ludwig lebte sein Leben, ich das meine. Wir saßen mehrmals in der Woche zusammen beim Essen, mal in seiner Wohnung, mal in meiner, wir gingen freundschaftlich und unkompliziert miteinander um, aber die Leidenschaft war uns irgendwann in den letzten Jahren abhanden gekommen, wohl auch die Liebe. Unsere beiden Söhne waren erwachsen und aus dem Haus, und ich vermißte sie nicht. Sie waren hübsche, arrogante junge Männer geworden, die gutsitzende Anzüge und knappe, gepflegte Frisuren trugen, reihenweise Mädchenherzen brachen und ihre Eltern so wenig noch brauchten wie wir sie. Man telefonierte, ab und zu ein Besuch, ein Anruf, das war's dann, und ich wunderte mich, was ich eigentlich in diesen letzten vierundzwanzig Jahren gemacht hatte und wo ich die ganze Zeit gewesen war. Es tat mir gut, endlich eine eigene Wohnung zu haben. Manchmal fühlte ich mich sehr allein, ein wenig verloren, aber nie einsam. Ich wußte: das war noch nicht alles. Irgend etwas würde mir noch passieren. Jedenfalls: ich war auf Sendung und auf Empfang. Und als Flora in New York in dieses Zimmer trat, stimmten die Frequenzen – durch den Raum war ein Draht gespannt von ihr zu mir, von mir zu ihr, und er vibrierte.

Jetzt wollte ich nach Mailand. Flora kam in zwei Tagen von einem Seminar aus New York zurück. Sie arbeitete als Ornithologin an einem Mailänder Institut, ausgerechnet als Ornithologin in einem Land, dessen wild gewordene kleine Machos Vögel in Netzen fangen, ihnen die Hälse umdrehen und sie fressen. Wie sie damit eigentlich leben konnte, das wollte ich sie fragen, denn in New York war ich nicht viel zum Fragen gekommen. Wir hatten uns geliebt und gestaunt über das, was uns da passierte.

Ich half meiner Mutter beim Aufräumen, als die Damen gegangen waren. Sie lästerte noch vergnügt über die Gebrechen – daß Frau Fischer acht Jahre jünger sei als sie, aber mindestens zehn Jahre älter aussehe, wie klapprig Frau Herzog geworden sei, daß Frau Kindermann nun gar nichts mehr richtig hörte und dadurch zu anstrengend würde. Ich bestätigte alles, Widerspruch brachte sowieso nichts, und tatsächlich war ja auch meine Mutter im Vergleich mit anderen alten Damen so etwas wie Queen Mum in England: immer chic, immer resolut, immer die Nummer eins im Raum. Ich räumte die Kuchenteller und die Sektgläser in die Küche.

»Ich spül das aber selbst«, sagte meine Mutter. Ich war froh darüber, denn ich mochte ihre muffigen Küchenläppchen nicht, und ich machte ihr ja sowieso nichts recht – ich nahm zuviel Schaum und verschwendete Wasser und was weiß ich nicht noch alles.

Sie wickelte mir die Reste der pappigen, süßen Zitronenrolle ein. »Die kannst du nachher noch essen«, sagte sie, und ich protestierte: »Ich mag das nicht, das ist mir zu fett, ich werde zu dick.«

»Ja, ich wollte nichts sagen«, sagte meine Mutter, »aber du bist stärker geworden. Was wiegst du jetzt, siebzig?«

»Achtundsechzig«, sagte ich, und sie seufzte: »Das kriegst du nicht mehr runter in dem Alter. Das sind die Hormone.« Und dann fügte sie hinzu: »Na ja, achtundsechzig, das geht doch noch.«

So war sie immer – »das geht doch noch« als größtes Kompliment. Wenn ich als Schulkind nur eine Zwei in Deutsch oder Latein heimbrachte und eben keine Eins, hieß es: »Das geht doch noch«, und wenn ich als Fünfzehnjährige für meinen Geschmack schön zurechtgemacht auf eine Party oder in die Tanzstunde ging und fragte: »Gut so?« sah sie mich kritisch an und sagte: »Na ja, es geht so.« Loben, anerkennen, das lag ihr nicht, es kam ihr einfach nicht über die Lippen, als hätte ein Lob sie selbst entwertet und kleiner gemacht. Als sie im Sterben lag, gerade noch atmen konnte mit staunend aufgerissenen Augen, auf der Zielgeraden sozusagen, da saß ich an ihrem Bett und sagte: »Mama, du siehst immer noch so toll aus, du hast überhaupt keine Falten«, und in dem Moment merkte ich, daß ich sie auch noch nie vorher gelobt oder ihr etwas wirklich Nettes gesagt hatte. Ich konnte es erst, als sie mir nicht mehr antworten konnte, und wünschte mir, an ihrer Stelle reglos und ohne Chancen dazuliegen, damit sie zu mir von Liebe spräche, mich lobte, Nähe zeigte, wenigstens ein einziges Mal.

Sie steckte die eingewickelte Zitronenrolle in eine Plastiktüte, gab sie mir und strahlte: »Das hast du als Kind immer so gern gegessen.« Sinnlos, zu sagen, was mir auf der Zunge lag: ich bin aber kein Kind mehr. In ihren Augen war ich immer dieses seltsam mißglückte, ungewollte, halbfertige Wesen, und vielleicht würden ja die Reste einer Zitronenrolle aus mir noch etwas machen können.

Als ich mich verabschiedete, drückte sie mir außer der Plastiktüte mit der Zitronenrolle auch das Geschenk, das ich ihr zum Geburtstag gemacht hatte, wieder in die Hand – einen blauen Kaschmirschal. »Nimm, Kind«, sagte sie, »das war nett gemeint, aber Blau trage ich nicht mehr, und ich habe die ganze Schublade voller Schals, was soll ich denn mit all dem Zeug.« Es war alles wie immer, und doch war es anders. Denn als ich ihr, schon auf dem Treppenabsatz, noch einmal zuwinkte, sagte sie plötzlich und wie aus heiterem Himmel:

»Mailand! Ich war noch nie in Mailand!«

Wie denn auch – sie war überhaupt nur sehr wenig gereist in ihrem Leben. Einmal hatte sie mit einem Bus eine Tour durch Frankreich gemacht und sich gar nicht darüber beruhigen können, daß da schon ganz kleine Kinder fließend Französisch sprachen. »Aber Mama«, hatte ich gesagt, »das sind doch Franzosen, die wachsen damit auf, es ist ihre Muttersprache.« – »Trotzdem«, hatte sie beharrt, »noch so jung und schon fließend Französisch, alle Achtung.«

Meine Freunde fanden es immer sehr komisch, wenn ich solche Geschichten von meiner Mutter erzählte. Ich konnte darüber nicht mehr lachen, denn die Wand, die seit meiner Kindheit zwischen uns wuchs, war hoch, aber nicht stabil. Sie wackelte und drohte bei jedem Besuch, bei jedem Gespräch, eine von uns beiden zu erschlagen, wenn wir zu fest daran rüttelten. Heute weiß ich, daß ich mit meiner Mutter viel hätte lachen können – aber damals sahen wir beide schon im ersten Moment, wenn ich sie besuchte und sie mir die Tür öffnete: Aha, keine der alten Rechnungen ist beglichen. Alle Wunden bluten noch. Und dann gab es eben nichts zu lachen.

Nie wäre ich auf die Idee gekommen, mit meiner Mutter zu verreisen, schon gar nicht nach Mailand, und schon gar nicht jetzt, wo ich Flora wiedersehen wollte. Aber da stand sie vor mir, klein und energisch, funkelte mich an und sagte: »Warum nimmst du mich nicht einfach mit? Italien! Das wär mal ein schönes Geschenk. Vielleicht ist dieser Geburtstag ja mein letzter.«

Das sagte sie seit ungefähr zwanzig Jahren – dieses Weihnachten ist mein letztes, den nächsten Geburtstag erlebe ich nicht mehr, ich merke, daß die Kräfte schwinden, oder, ihr Lieblingssatz, wenn sie mal einen kleinen Schnupfen hatte:

»Ich bin nur noch ein Mensch von einem Tag.« Das waren alles Erpressungsversuche. Ging es ihr besser oder waren Weihnachten, Ostern, Geburtstag vorbei, straffte sie sich sofort wieder und wußte, daß sie richtig daran getan hatte, sich einen schwarzen Nerzmantel zu kaufen und keinen braunen, denn so könnte sie auf meiner Beerdigung eine bessere Figur machen, und sollte sie wirklich vor mir sterben, Gott, dann könnte ich ihn ja bei ihrer tragen.

»Das ist viel zu anstrengend für dich«, sagte ich ausweichend und stellte mir eine Autofahrt mit meiner Mutter vor.

»Wenn du es aushältst, werde ich es auch aushalten«, sagte sie. »Mailand! Das muß schön sein.« – »Gerade Mailand ist gar nicht so schön«, sagte ich, und prompt kam zurück: »Warum fährst du denn dann hin? Schon wieder so ein Kerl?« Ich schwieg bockig und setzte das von ihr so genannte chinesische Gesicht auf – süßsauer: »Oh, das chinesische Gesicht«, sagte sie, »ich frag nicht mehr, ich frag nicht mehr, jeder muß selbst wissen, wie er sich unglücklich macht.« – »Oder glücklich«, ich konnte es nicht lassen, und sie sagte: »Schön wär's ja mal.«

»Ich treffe da eine Frau, mit der ich arbeite«, sagte ich schließlich. »Was arbeitest du denn mit einer Italienerin?« fragte sie mißtrauisch. Ich wurde ungeduldig. »Mutter«, sagte ich, »das ist doch jetzt ganz egal, was ich da mache, es ist eine lange Fahrt, es ist heiß, es ist anstrengend, ich bleibe zwei oder drei Wochen, wie willst du denn zurückkommen?«

»Herrgott, es gibt doch Flugzeuge«, sagte sie, »ich könnte zwei Tage bleiben und dann zurückfliegen, und Klaus holt mich ab.«

Meine Mutter war erst einmal geflogen, nach Berlin zur

Beerdigung ihrer Schwester Luzie, und nun redete sie, als hätte sie die Miles-and-more-Karte für Vielflieger und wäre dauernd unterwegs. Klaus war irgendein Großneffe, der in der Nähe wohnte und sich manchmal um sie kümmerte.

»Also«, sagte ich, »gute Nacht, ich bin jetzt müde, ich will ins Hotel. Ich komme morgen nach dem Frühstück, ehe ich fahre, noch mal bei dir vorbei. Okay?« – »Ja, gut«, sagte sie, »und hier, vergiß die leckere Zitronenrolle und den blauen Schal nicht. Weich ist er ja, aber so was trag ich einfach nicht.«

Ich nahm den Schal und ging, und der Empfangschef im Hotel fragte: »Hat Ihre Frau Mama sich denn über das Geschenk gefreut?« – »Riesig«, sagte ich und preßte den Schal tief in die Plastiktüte, wo er in die Zitronenrolle matschte. Ich hatte ihn erst am Tag zuvor gekauft und ihm auf die Frage, was ich meiner Frau Mama denn schenken würde, gezeigt. Ihr 80. Geburtstag war in der Zeitung angekündigt gewesen, der Bürgermeister hatte auch geschrieben und gratuliert. »Gerade der«, hatte sie gesagt, »Trottel von der CDU« hatte den Glückwunschbrief zerrissen und ins Klo geworfen wie damals meine ersten Gedichte und später, als mein Vater tot war, ihren Ehering.

Ich schlief schlecht in dieser Nacht und träumte von der Reise mit meiner Mutter, von Flora.

Am nächsten Morgen fuhr ich noch einmal bei ihr vorbei. Sie öffnete mir in einem leuchtend blauen Kleid (»Blau trage ich nicht mehr!«), das ich noch nie an ihr gesehen hatte. Sie strahlte, hatte ein goldenes Armband angelegt, das Cousine Margret und ihr Mann ihr zum 70. Geburtstag geschenkt hatten, und im Flur stand eine kleine Reisetasche. »Fertig«, sagte sie, »ich freu mich ja so.«

Ich mußte schlucken und mich erst mal setzen. »Mutter«, sagte ich, »wir sitzen stundenlang im Auto, und dann ...« – »Aber das weiß ich doch«, sagte sie ungeduldig. »Ich fahre gern Auto. Das einzige, was dein Vater gut konnte, war Auto fahren, sonntags sind wir oft zum Drachenfels gefahren und haben Hühnersuppe gegessen. Ob man in Mailand auch etwas essen kann, wo kein Knoblauch dran ist? Ich esse nichts mit Knoblauch.«

Ich konnte nur staunen. Sie schaffte es immer noch, mich zu überrumpeln, und in so strahlender Laune hatte ich sie schon so lange nicht gesehen, daß ich einfach nicht das Herz hatte, jetzt noch nein zu sagen. Ich wollte zwei Tage in einem Hotel wohnen, durch Mailand bummeln, ruhiger werden, ein wenig italienisch werden, und danach würde ich für ein paar Tage, eine Woche, zwei Wochen zu Flora ziehen. Dann spätestens mußte Mutter heimfliegen – es würde sich schon irgendwie arrangieren lassen, und im Auto, dachte ich, könnten wir vielleicht wirklich mal über ein paar Dinge reden, die mir schon so lange auf der Seele lagen. Das Auto ist ein wunderbar geschlossener Raum, niemand kann beleidigt gehen und eine Tür zuknallen, man muß sich nicht ansehen beim Reden, und ich mußte mich aufs Fahren konzentrieren und konnte also nicht ausrasten.

»Gut«, sagte ich, »versuchen wir's. Dann los.«

Und ich nahm ihre Reisetasche, während sie geräuschvoll die Jalousien herunterließ. »Hast du deinen Paß?« fragte ich, und sie sagte: »Was denkst du eigentlich von mir, daß ich eine vertrottelte alte Tante bin? Natürlich hab ich meinen Paß.« Und dann trällerte sie plötzlich: »Kennst du das Land, wo die Zitronen blühn? Dahin, oh mein Geliebter, will ich mit dir ziehn.«

Als ich ein kleines Kind war, hat meine Mutter viel mit mir gesungen, und sie kannte Unmengen von Gedichten auswendig und sagte sie bei jeder Gelegenheit auf. Ich erinnere mich daran, daß das eine schöne Zeit war – wenn ich auch nie auf ihrem Schoß sitzen, in ihrem Bett kuscheln, nicht einmal an ihrer Hand gehen durfte. Meine Mutter hatte sich, so schien es, jede Art von Zärtlichkeit aus irgendeinem Grund für immer verboten. Mein Vater hatte zwei Geliebte, eine junge schnippische Blonde und eine freundliche Verkäuferin, so alt wie er selbst, zu denen ging er regelmäßig und blieb oft auch über Nacht. »Ich bin bei Walter«, hieß es dann, oder: »Wartet nicht auf mich, ich übernachte bei Otto.« – »Jaja«, sagte meine Mutter dann, »sag Walter, er soll weniger Parfüm auftragen, du stinkst entsetzlich, wenn du von dort kommst«, oder: »Vergiß nicht, für Otto die Seidenwäsche mitzunehmen, die ich in deinem Schrank gesehen habe.« Ich verstand das als Kind nicht und lachte, denn mein Vater hatte fünf Brüder, und die waren alle sehr komisch, da konnte ich mir jede ausgefallene Geschichte vorstellen. Onkel Otto arbeitete als Buchhalter, war der einzige, der immer feingemacht in Schlips und Anzug gehen mußte, und wurde deshalb von seinen Brüdern »Herr Pinkel« genannt. Onkel Walter trank gern einen zuviel und hieß darum »Herr Pils«, Onkel Hermann war Jalousienbauer und war »Herr Schlitz«, Onkel Fritz arbeitete als Requisiteur im Theater, er hieß demnach »Herr Plunder«, und der jüngste, Onkel Theo, war als einziger fromm, lief viel in die Kirche und spendete dauernd für wohltätige Zwecke, das war natürlich »Herr Jesus«. Mein Vater hieß »Herr Lustig«, weil er immer gut aufgelegt war – außer bei uns zu Hause, aber wenn er mich mal mitnahm und ich mit ihm und seinen Brüdern und deren Frauen zusammensein durfte – am ersten Weihnachtstag, an Omas Geburtstag, an meinem Geburtstag –, waren das Feste, auf denen viel gelacht und viel getrunken wurde. Ich mochte »Herrn Plunder« am liebsten, er brachte mir oft kleine Federhüte oder perlenbestickte Handschuhe oder Holzschuhe aus dem Theaterfundus mit, an denen meine Mutter dann mißtrauisch schnüffelte und sagte: »Sonst noch was«, und weg damit in den Müll, wenn ich nicht höllisch aufpaßte.

Als wir im Auto saßen, fragte ich sie: »Lebt eigentlich noch einer von Papas Brüdern?«

»Herr Jesus«, sagte sie. »Herr Jesus lebt noch, ich weiß das von Tante Karla, die mich ab und zu mal anruft.« Mein Vater hatte noch zwei Schwestern, Tante Karla und Tante Paula. Tante Karla hatte ich zuletzt gesehen, als ich fünfzehn Jahre alt war – auf der Beerdigung meines Vaters. Sie weinte schrecklich um ihn und umarmte meine Mutter immer wieder, was zu meiner Verwunderung auch innig und herzlich erwidert wurde. Sie war damals eine große, schöne Frau, jetzt mußte sie über achtzig sein. Ihr Mann war im Krieg geblieben, und sie hatte nach dem Krieg zusammen mit Tante Paula, die einen Polizisten geheiratet hatte, ein Handarbeitsgeschäft eröffnet und lange Jahre geführt. Ab und zu strickte meine Mutter mir etwas aus Wolle, die sie bei Tante Karla und Tante Paula kaufte – sie strickte schlecht, aber gern, doch als mein Vater tot war, hörte jeder Kontakt zu dieser Familie auf. Sie zog in die süddeutsche Kleinstadt, ich kam bis zum Abitur ins Internat und habe außer Tante Karla, die mich zwei- oder dreimal besuchte, nie mehr einen von den Onkeln oder Tanten wiedergesehen. Das Briefeschreiben war in dieser Familie nicht in Mode, und so schliefen die Kontakte ein, aber ich dachte oft an Herrn Plunder, Herrn Pils und Herrn Pinkel.

»Irgendwie haben wir gar keine Familie mehr«, sagte ich. »Deine Schwestern sind tot, Cousine Margret ist eine Schreckschraube, dabei waren wir doch so eine große Familie, Papa hatte sieben Geschwister und du fünf – was ist nur aus allen geworden?«

»Vom Winde verweht«, sagte meine Mutter und setzte eine schräge Sonnenbrille auf. »Walter hatte Krebs, Otto Herzinfarkt, Fritz ist unter die Straßenbahn gekommen, Hermann ist am Blinddarm gestorben, Paula hat sich totgesoffen. Nur Karla und ich sind noch da.« – »Habt ihr noch Kontakt?« fragte ich, und sie sagte: »Selten.«

Wie es in Mutters Familie aussah, wußte ich etwas besser, hatte es näher miterlebt – bis auf ihren Bruder Willi waren alle gestorben, und mit diesem Bruder sprach sie nicht, weil er Nazi war, als wären sie nicht alle Nazis gewesen. Aber er hatte wohl besonders viel Dreck am Stecken und hatte damals seinen eigenen Vater wegen vaterlandsverräterischer Äußerungen angeschwärzt. Daraufhin war mein Großvater ins Lager gekommen und von dort krank heimgekehrt und bald gestorben. Als Onkel Willi aus Polen zurückkam, sprach außer seiner Frau Maria niemand mehr mit ihm.

»In meiner Familie gab es vier Leute, die nur ein Bein hatten«, verkündete meine Mutter plötzlich fröhlich, und ich hätte fast die Abzweigung Richtung Basel verpaßt. »Ist das eine genetische Geschichte«, fragte ich, »liegt das in der Familie, lauter Einbeinige? Da habe ich ja noch Glück gehabt.«

»Onkel Heinrich«, sagte sie, »hatte Zucker, dem mußte früh ein Bein abgenommen werden. Onkel Moritz hatte

Knochenkrebs, da haben sie auch ein Bein abgenommen. Onkel Moritz war viel reicher als Onkel Heinrich, er hat ihm immer seine abgelegten guten Anzüge geschickt. Aber da war das linke Bein weggebunden, bei Onkel Heinrich das rechte, und er wollte keine Hosen tragen mit Knick, sie hatten immer Krach deswegen.« – »Und die andern beiden?« fragte ich. »Mein Großvater«, sagte sie, »er war Schuster im Westerwald, Bauer und Schuster, und einmal hat er sich aus gutem Leder selbst ein Paar Schuhe gemacht, aber als er damit zum erstenmal ausgehen wollte, waren sie zu klein. Er hatte so eine Wut, daß er sich mit der Axt die Zehen abgehauen hat. Sie mußten den Fuß amputieren.«

Ich zweifelte nicht mehr, woher der Jähzorn und die Ungeduld kamen, die auch zwischen meiner Mutter und mir ausbrachen, nachdem ich in die Pubertät gekommen war. Einmal hat sie mich mit einem Stocheisen für den Ofen blutig geschlagen, aber später wollte sie nichts mehr davon wissen. Ich zeigte die Striemen damals dem Pfarrer, der mich kurz zuvor konfirmiert hatte, und bald danach kam ich weg von ihr ins Internat. Fünf Jahre haben wir uns damals nicht gesehen, kein Lebenszeichen, nichts. Nur meine Tante Karla schickte mir ab und zu ein Päckchen mit Keksen und Bonbons und ein bißchen Geld.

»Und der vierte«, sagte sie, »das war Onkel Jupp, dem haben sie in Rußland ein Bein weggeschossen, er ist dann im Lager gestorben.«

Wir schwiegen und ich dachte plötzlich: Ich frag sie jetzt mal. Es ist so lange her, warum soll ich nicht wenigstens einmal die Sprache darauf bringen, vielleicht kann sie ja sagen ›es tut mir leid‹, und ich fragte meine Mutter:

»Warum hast du mich damals eigentlich so entsetzlich geschlagen?« Die Antwort kam sofort. »Ich habe dich nicht geschlagen.«

Ich schwieg, beschleunigte, die Autobahn war schnurgerade, fast leer, die Sonne schien. In der Ferne tauchte eine Brücke auf. »Mutter«, sagte ich, »ich fahre uns beide vor diesen Brückenpfeiler, wenn du jetzt nicht einmal, ein einziges Mal zugibst, daß du mich entsetzlich geschlagen hast, verdammt noch mal.« Sie schwieg, ich fuhr, die Brücke kam näher. Ich wechselte auf die linke Spur, hielt auf den Mittelpfeiler zu und war plötzlich ganz ruhig.

Na, und wenn schon, dachte ich. Vielleicht ist das mit Flora auch nur wieder so ein Irrtum, was soll das alles, dann ist es eben vorbei. Ich war ganz merkwürdig gefaßt, fühlte mich beinahe leicht, als würde mir eine Entscheidung nicht abverlangt, sondern abgenommen. Ich starrte nur noch auf den Brückenpfeiler, wartete auf das Krachen und dachte daran, daß sich mein Leben jetzt wohl – wie nennt man es? erfüllte und daß ausgerechnet ich zusammen mit meiner Mutter sterben und beerdigt werden würde, nebeneinander, ohne Liebe, in alle Ewigkeit, amen. »Wirf dies ererbte Graun von dir, ich bin nicht schauerlich, bin kein Gerippe ...« Das dachte ich auch noch, fast fröhlich, und die Brücke kam näher. Meine Mutter faßte meinen Arm und rief: »Ja, aber was sollte ich denn machen, ich wurde einfach nicht mehr fertig mit dir. Du hast zu früh mit Jungens angefangen.«

Ich verlangsamte, lenkte zurück nach rechts, wir atmeten beide tief durch. »Du warst schwierig«, sagte sie, »und ich war unglücklich.«

»Und deshalb haust du auf ein kleines Mädchen ein, bis es blutet?« fragte ich und starrte geradeaus. »Ach Gott, blutet«, sagte sie, »und was heißt kleines Mädchen, es reichte immerhin schon, um an den Ecken rumzustehen und zu küssen. Ich hab dich doch gesehen. Wie dein Vater.«

Ich dachte an die unschuldigen Kinderküsse, die ich mit Tanzstundenfreunden ausgetauscht hatte, so hungrig nach einer Liebe, die es zu Hause nicht gab. Und dafür schlug sie mich.

Nach einer langen Pause atmete meine Mutter tief ein und sagte leise: »Es hat mir sofort so leid getan.« Ich faßte nach ihrer Hand, und sie ließ es zu. Ich lenkte mit links, hielt mit rechts ihre Hand, ich konnte mich nicht erinnern, wann ich das je getan, wann sie das je zugelassen hatte, und wir fuhren schweigend weiter. Auf einmal sagte sie, wieder ganz vergnügt: »Das hier ist doch die Schweiz?« – »Ja«, sagte ich, »soll ich lieber über die Dörfer fahren statt über die Autobahn? Am Vierwaldstätter See entlang? Dauert länger, ist aber sehr schön.« – »O ja, bitte!« sagte sie. »Ich habe mir immer schon gewünscht, einmal zu sehen, wo Wilhelm Tell war.«

Ich lachte. »Hat es den denn wirklich gegeben?« fragte ich, und sie sagte entrüstet: »Was denkst du denn, mach deine Rechnung mit dem Himmel, Vogt, fort mußt du, deine Uhr ist abgelaufen! Ich lebte still und harmlos, das Geschoß war auf des Waldes Tiere nur gerichtet, zum Ungeheuren hast du mich gewöhnt, in gärend Drachengift hast du die Milch der frommen Denkart mir verwandelt, herrlich, oder? Und dann muß er ja auf dieses Kind schießen, und am Ende sagt er: Was ich mir gelobt in jenes Augenblickes Höllenqualen, ist eine heilge Schuld, ich will sie zahlen. Oder so ähnlich. Ja, wir müssen alle unser Päckchen tragen.«

»Woher kennst du bloß so viele Verse, Gedichte, halbe

Stücke«, fragte ich, »ich behalte gar nichts auswendig, und du ...«

»Alles Training«, sagte sie, »in den Bombennächten haben wir immer gelesen und auswendig gelernt, bei Kerzenlicht.« – »Wir?« fragte ich, und sie sagte: »Karla und ich. Als unsre Männer im Krieg waren.«

»Aber daß du das heute alles noch im Kopf hast«, sagte ich, »das finde ich wirklich enorm.« – »Ich bin ja viel allein«, antwortete meine Mutter, »und da rede ich mit mir selbst und sage mir das alles immer wieder auf.«

Ich fuhr durch kleine Dörfer, am See entlang, und sie las entzückt die Namen auf den Ortsschildern. Einmal, als eine kleine Dorfkirche auftauchte, rezitierte sie: »Aus den Tannenwipfeln ragte eines Türmleins spitzer Kegel, First und Giebel eines Klosters nach Sankt Benediktus Regel.«

Ich dachte darüber nach, wieviel Witz und Kraft in meiner Mutter steckten, und fragte mich, warum wir beide es nicht fertigbrachten, locker und fröhlich miteinander umzugehen. Ich hatte immer das Gefühl, sie mochte mich nicht, und das ließ mich ihr gegenüber störrisch, kühl, verhärtet sein. Und sie mochte mich wohl nicht, weil ich irgendwann meinem Vater zu ähnlich geworden war, und den hatte sie bei seiner Rückkehr aus dem Krieg einfach nicht mehr haben wollen – wie so viele Frauen dieser Generation, die in den Kriegsjahren selbständig und hart geworden waren. Und dann kamen die an Leib und Seele zerstörten Männer aus Rußland zurück und nahmen einen Platz ein, den es eigentlich für sie nicht mehr gab, und wollten wieder alles besser wissen – wo der Sicherungskasten hing, wie man die Kinder zu erziehen hatte und daß die Frauen an den Herd gehörten. Viele Familien waren damals zerbrochen. Wir Kinder hatten kaum eine

Chance, zu diesen fremden mageren Männern, die da als unsere Väter aus irgendeinem Lager heimkehrten, eine Beziehung aufzubauen. Und ich erinnerte mich an einen entsetzlichen Streit zwischen meinen Eltern, der damit endete, daß meine Mutter meinen Vater kalt ansah und sagte: »Spiel dich nicht so auf, letztlich bist du nichts anderes als alle andern auch: ein Mörder.«

Mit diesem Satz muß sie eine Mauer eingerissen haben, die er zum Schutz um sich herum aufgebaut hatte. Damals fing er an zu trinken und legte sich die beiden Freundinnen zu, es war der Anfang vom Ende unserer Familie.

Ich schob eine Kassette mit Schuberts Musik in den Kassettenrekorder, und meine Mutter, wie ich aus Gedanken gerissen, sagte sofort:

»Musik, du himmlisches Gebilde, voll hehrer Kraft und süßer Milde, wir fühlen doppelt tief dein Walten, wenn uns ein Leid das Herz gespalten.« Und dann sah sie mich an, lachte und sagte: »Schön, mal so mit dir zu reisen.« Ich konnte mich nicht erinnern, wann sie je etwas so Nettes zu mir gesagt hatte.

Wir machten Rast in Küßnacht, aßen Bündnerfleisch mit frischem Brot und tranken ein Glas Wein dazu. Da saß sie mit mir am Tisch, klein, energisch, in ihrem blauen Kleid, die Wangen leicht gerötet, und ab und zu traf mich ihr kritischer Blick.

»Bist du glücklich?« fragte sie plötzlich, und ich sagte ohne nachzudenken: »Nein.«

Sie nickte. »Wie dein Vater«, sagte sie, »kein Talent. Die taten immer nur alle so, die ganze Familie. Da war keiner glücklich. Außer Tante Karla.«

»Warum gerade Tante Karla?« fragte ich, und meine Mutter sagte: »Die war stark. Die wußte, was sie wollte. Ohne Tante Karla hätte ich den Krieg nicht überlebt.« Sie nippte an ihrem Wein und warf mir einen Blick zu. »Du übrigens auch nicht«, sagte sie. Und dann fügte sie noch leise hinzu: »Ohne Tante Karla gäb es dich nicht einmal.«

Ich saß ganz still und spürte, daß dies ein besonderer Augenblick war, daß sich etwas öffnete, in ihr, zwischen uns, und sie merkte wohl, daß sie so einen Satz nicht einfach unkommentiert im Raum stehen lassen konnte. Sie knetete ein Brotkügelchen und sagte, ohne mich anzusehen: »Ich wollte kein Kind. Wer will schon ein Kind im Krieg! Karla hat damals abgetrieben, ohne jedes Problem. Und ich – bis zum fünften Monat hab ich alles versucht, Einläufe mit Seifenlauge, Karla hat mit einer Stricknadel gestochert, ich bin mit Ziegelsteinen im Arm vom Tisch gesprungen – nichts. Du gingst nicht weg, du wolltest leben.«

Ich hielt den Atem an, mein Herz klopfte wild, und ich hatte tausend Bilder im Kopf, eine Million Fragen, Tränen, ein Meer von Tränen in der Seele. Und eine Mischung aus Angst und Glück im ganzen Körper. Angst, zu leben, Glück, zu leben.

Sie sagte: »Wir waren sicher, du wärst behindert, nach diesen Prozeduren. Aber du warst ganz gesund. Karla hat dich auf die Welt gezogen, in der Küche, während die Bomben fielen. Alle andern waren im Luftschutzkeller. Wir beide waren in der Küche, nur mit Kerzenlicht, die Fensterscheiben flogen raus, und plötzlich kamst du. Mein Gott, und du warst wirklich gesund. Wir haben vor Glück geheult, Karla und ich.«

Zum erstenmal begriff ich, was für ein Opfer es gewesen sein mußte, damals ein Kind zu bekommen, noch dazu von einem ganz offensichtlich ungeliebten Mann, der es in fünfzehn langen Ehejahren nicht geschafft hatte, ihr ein Kind zu machen, und ausgerechnet da, im Heimaturlaub während des Krieges, da mußte es passieren.

Fast hätte ich meine Mutter in den Arm genommen, so stark empfand ich ihr Glück darüber, daß ich damals ein gesundes Baby war, als eine Liebeserklärung, aber ich zögerte eine Sekunde zu lange, und die Kellnerin kam an unseren Tisch, um zu kassieren.

Als wir weiterfuhren, hätte ich ihr beinahe von Flora erzählt. Ich hätte so gern einfach darüber gesprochen, daß ich eine Frau liebte und ob das überhaupt möglich war nach einer so langen Ehe, nach zwei Söhnen, nach zahllosen Affären. Aber ich sagte natürlich nichts, denn das war nun wirklich ein Thema, das man mit meiner Mutter nicht besprechen konnte. Dachte ich.

Ich fuhr durch die Schweiz, und meine Mutter saß, stiller geworden, neben mir. Manchmal nickte sie ein wenig ein, aber immer wieder wurde sie wach, setzte sich gerade hin, schaute aus dem Fenster. »Wie schön, daß ich das alles mal sehe«, sagte sie. Und als wir in Chiasso auf die Autobahn nach Mailand fuhren, fragte sie mich plötzlich: »Hast du die Zitronenrolle gestern noch gegessen?« – »Nein«, sagte ich wahrheitsgemäß, und sie nickte. »Dachte ich mir«, sagte sie. Das war alles, danach schlief sie wirklich ein und erwachte erst wieder, als ich durch Mailand kurvte, um ein Hotel zu suchen.

Ich buchte zwei Einzelzimmer für zwei Nächte, und sie fragte mich: »Wo wohnst du denn danach?« – »Bei der Kollegin«, sagte ich und half ihr, sich in ihrem Zimmer zurechtzufinden. Am Abend gingen wir aus, ich mußte den

Kellner beschwören, ihr ein Gericht ohne Knoblauch zu bringen, und sie war bald die Königin des Lokals, »la mamma!« und hielt alle mit Sonderwünschen auf Trab. Sie orderte unbeirrt auf deutsch, »bitte nicht diesen sogenannten ›Espresso‹, sondern einen richtigen Kaffee, und nicht zu stark, und mit Milch, aber keine Büchsenmilch!« und ich übersetzte, und sie wunderte sich, daß man sie nicht verstand, obwohl sie doch derart deutlich sprach. KAFFEE und MILCH und NICHT ZU STARK, mein Gott, das mußte man doch auf der ganzen Welt verstehen, oder etwa nicht? Diese Italiener erschienen ihr freundlich, aber ein bißchen begriffsstutzig.

Der Abend ging erstaunlich friedlich herum. Es war, als würden wir beide einen anderen Ton anschlagen, wenn wir nicht in den eigenen vier Wänden waren. Als ich sah, daß sie müde war, lieferte ich sie im Hotel ab und ging noch ein bißchen allein los, um in irgendeiner Bar ein paar Gläser Wein zu trinken und nachzudenken – über sie, über mich, über Flora, über das, was wir alle von unserem Leben erwarteten und was das Leben uns für Schnippchen schlug. Hatte man wirklich irgend etwas selbst in der Hand, oder kam alles einfach, wie es kommen mußte? Und ich ertappte mich dabei, nun auch in Versen zu denken, wie sonst sie es immer tat: »Kann grundlos so ein Gott des Lebens Teppich weben? Ist Qual ein Einfall wie ein buntes Muster und alles Händeringen nur ein Ornament?« und ich dachte: Sieh da, wir sind uns doch ähnlicher, als man meinen möchte. Gab es einen Sinn, ein geheimnisvolles Muster, oder war alles bloß Zufallsornament, ihre Härte, meine Unrast, ihr abruptes Schlußmachen mit aller Liebe und aller Zärtlichkeit und mein ewiger Hunger danach?

Ich betrank mich ein bißchen und wurde am nächsten Morgen wach von ihrem Klopfen an meiner Zimmertür.

»Ich geh frühstücken«, rief sie, »steh auf, es ist schönes Wetter. Ich warte unten.«

Als ich zum Frühstück kam, plauderte sie schon mit dem Kellner, obwohl sie kein Italienisch und er kein Deutsch sprach, aber es wurden Brote empört in die Luft gehalten, zu weiß! zu weich! und der Kellner brachte dunkleres Brot und wurde dafür gelobt. Sie hatte alles im Griff, so als wäre sie ihr Leben lang in der Weltgeschichte herumgereist. Welche Kraft steckte doch in ihr, eine Kraft, für die es in ihrem elenden kleinen Rentnerleben gar kein Ventil gab.

Wir bummelten an diesem schönen, warmen Tag durch Mailand, sie in hellgrauen Wildlederpumps mit halbhohen Absätzen, ich in flachen Gesundheitsschuhen. Heute weiß ich, wie ich sie allein für ihre Schuhe geliebt und bewundert habe, aber sie mußte erst sterben, bis mir das bewußt wurde.

Wir gingen durch die Galleria am Dom, durch ein Kaufhaus, durch die Modestraße Via Monte Napoleone, in der die Boutiquen aller großen Modemacher sind – Marmorpaläste von Valentino, Gucci, Ungaro und Fendi mit riesigen Schaufenstern, in denen ein paar himbeerrote Schuhe für dreitausend Mark oder ein einziges, winziges, papageienbuntes Seidenblüschen für achttausend Mark lagen, und in Lire gingen diese Summen gleich in mehrstellige Millionen. Meine Mutter konnte nicht genug staunen, zeigte auf Preis und Ware und dann, als eine blasierte, wunderschöne Verkäuferin zu uns hinaussah, tippte sie sich an die Stirn und zeigte der Verkäuferin, die sich sofort abwandte, einen Vogel. »Millionen für ein Blüschen! Ihr seid ja verrückt!« rief sie.

In einem kleinen, eleganten Wäschegeschäft kaufte ich ein schönes, seidenes Nachthemd für meine Mutter. Ich mußte sie dazu überreden, aber sie freute sich doch, probierte es über ihren Kleidern an und lief damit im Laden auf und ab. »So teuer!« sagte sie, »mich sieht doch nie einer im Nachthemd, na ja, vielleicht, wenn es mal ans Sterben geht.« Als es ans Sterben ging, mußte sie die hinten offenen Krankenhaushemden tragen, aber immerhin haben wir sie in diesem seidenen Nachthemd aus Mailand, das sie bis dahin nie getragen hatte, beerdigt. Oder sagen wir: Es ist mir ihr zusammen verbrannt worden.

Am Abend saßen wir in einem ruhigen, kleinen Lokal und aßen Polenta mit dünn geschnittenem Kalbsbraten in einer wunderbaren Sauce. »Heute bezahle ich«, sagte meine Mutter und bestellte noch ein Glas Wein für mich und ein Schnäpschen für sich. Sie ging mit dem Ober zur Theke und ließ sich alle Flaschen zeigen. Sie schimpfte mit ihm, weil es keinen Himbeergeist gab, und schließlich entschied sie sich für Calvados.

»Weg muß er, weg ist er«, sagte sie, als das Glas vor ihr stand, hob es hoch und kippte es fast auf einen Zug hinunter, nach Kumpelart aus dem Ruhrgebiet, wo sie aufgewachsen war. Ich mußte lachen, so hatte ich sie noch nie gesehen, und sie hatte auch schon einen leichten Schwips. Als ich vorsichtig bat: »Erzähl doch mal ein bißchen von früher«, fing sie tatsächlich an und sagte als erstes einen völlig idiotischen, unerwarteten Satz, über den wir fast zehn Minuten lachen mußten. Sie sagte: »Tante Luzie ist damals nach dem Krieg in den Osten gegangen und hat dann bei der VEB Genuß gearbeitet und Vitalade hergestellt.«

Ich fand das so übergangslos komisch, daß ich mich lange

nicht beruhigen konnte, aber ich erinnerte mich an Pakete von Tante Luzie, die uns eine gräßlich fettige Schokoladenimitation schickte und im Gegenzug um Kaffee bat. »Warum ist sie in den Osten gegangen?« fragte ich. »Weil sie an den Sozialismus glaubte«, sagte meine Mutter. »Meine Familie, wir waren damals ja alle links, Arbeiter, Sozialisten, aber dein Vater und das ganze Gesocks, alles Nazis. Dummköpfe, Mitläufer, eingebildete Kerle, die sich in gutsitzenden Uniformen wichtig machen wollten.«

So deutlich hatte sie das noch nie ausgesprochen. »Über Politik wurde doch zu Hause nie geredet«, sagte ich. »Eben drum«, antwortete sie, »sonst hätte es Mord und Totschlag gegeben. Außer den Schwestern deines Vaters waren sie alle Nazis, die ganze Familie. Tante Paula war zu blöd und Tante Karla zu klug dafür. In meiner Familie schlug nur Willi aus der Reihe. Der war auch zu blöd.«

Onkel Willi lebte noch. Er verließ so gut wie nie das Haus, und wenn, dann mit Hut und Brille vermummt. Er hatte immer Angst, jemand würde ihn auf der Straße erkennen – vielleicht der Jude, dem er, nach Familienerzählungen, in Polen den Finger abgeschnitten hatte, um an den Brillantring zu kommen, den Tante Maria heute noch trug.

»Hast du dich deshalb mit Papa so zerstritten?« fragte ich, und sie sagte: »Ich konnte nicht mehr atmen neben ihm, mir wurde schlecht, wenn er mich nur anfaßte.« Und dann trank sie den Rest ihres Calvados und fügte hinzu: »Und ich war im Krieg so glücklich. Wir waren sehr glücklich. Ohne Männer.«

Der Kellner kam und bot auf Kosten des Hauses noch etwas an, einen Kaffee? Einen Amaretto? Meine Mutter scheiterte beim Zahlen, weil er natürlich kein deutsches Geld nahm, obwohl sie ihm den Hunderter immer wieder energisch unter die Nase hielt und rief: »Aber er ist echt! Es ist gutes deutsches Geld! Wir sind doch in Europa!« Ich zahlte, und der Kellner versuchte meine Mutter zu trösten, indem er ihr die Tüte mit dem Seidennachthemd bis zur Tür trug. Die Italiener scheinen einfach »la mamma« in jeder Erscheinungsform zu lieben.

Im Hotel fand ich eine Nachricht von Flora. Wir hatten schon ein paarmal telefoniert, natürlich wußte sie, daß meine Mutter mit mir in Mailand war, aber ich hatte ihr versichert, daß sie Donnerstag gegen achtzehn Uhr abfliegen würde. Freitagmorgen wollte Flora eigentlich kommen, doch die Nachricht lautete: »Komme schon Donnerstag fünfzehn Uhr. Will Deine Mamma noch sehen. F.«

Das gefiel mir überhaupt nicht: Ich wollte nicht, daß sie sich trafen. Ich wollte mit Flora allein sein. Ich wollte meine Mutter nicht so eng in mein Leben einbeziehen. Natürlich würden wir ihr nichts von unserer Liebe sagen, aber auch ohne das war mir so eine Begegnung einfach zu nah, zu viel, zu intim. Zu gefährlich. Ich erinnerte mich daran, wie meine Mutter immer mit meinen Freunden umgesprungen war, als ich noch zu Hause wohnte und zur Tanzstunde abgeholt wurde. »Warum ausgerechnet unsere Nina«, hatte sie Rüdiger gefragt, in den ich so verliebt war, »gibt es keine netteren Mädchen?«

Ich konnte die ganze Nacht nicht schlafen, war am nächsten Tag gereizt, und es gab wieder die alten Kräche und Sticheleien zwischen uns. Die Zeit zog sich hin, und ab zwölf Uhr fing meine Mutter schon an mit: »Müssen wir nicht zum Flughafen fahren?« Wie alle alten Leute war sie immer stundenlang zu früh dran. Ich hatte ihr gesagt, daß wir meine Kollegin, die aus Amerika kam, abholen würden, wir könnten dann noch einen Kaffee zusammen trinken, und später würden Flora und ich sie dann ins Flugzeug setzen. Das war ihr recht, und sie fragte: »Spricht sie deutsch?« – »Ja«, sagte ich, »sie ist aus Bruneck in Südtirol, da wachsen alle zweisprachig auf.«

Ich sah Flora sofort. Sie überragte die anderen, sie strahlte, sie leuchtete, und meine Mutter, klein und zappelig neben mir, sagte: »Das ist sie.« – »Woher weißt du das«, fragte ich, »du kennst sie doch gar nicht.« – »Das sehe ich«, sagte meine Mutter. »Sie strahlt. Sie strahlt für dich.«

Ich war zu aufgeregt und zu nervös, um über diese Bemerkung weiter nachzudenken. Sie fiel mir erst viel später wieder ein, und dann verstand ich, daß meine Mutter vom ersten Augenblick an begriffen hatte, was zwischen Flora und mir war. Sie hatte es begriffen, und es gefiel ihr.

Flora und ich umarmten uns, fest, stumm, versicherten uns mit einem Blick, daß zwischen uns alles in Ordnung war, und dann küßte Flora meine kleine stramme Mutter rechts und links auf die Wangen.

»Meine Mamma war auch so klein«, sagte sie. »War?« fragte meine Mutter. »Ja«, sagte Flora, »sie ist tot«, und meine Mutter sagte: »Ich mach's auch nicht mehr lange.«

Flora lachte. »Danach sehen Sie aber nicht aus«, sagte sie, hakte mich und meine Mutter unter und zog uns ins Flughafenrestaurant.

Wir saßen fast zwei Stunden zusammen. Flora erzählte von New York, meine Mutter sprudelte nur so von unseren Mailänder Erlebnissen, ich war eher still, sah Flora an und dachte: Wie schön sie ist! Ob sie mich wirklich liebt? Und, ja, sie liebte mich, ich sah es an ihren Blicken, ich fühlte es, wenn sie unter dem Tisch rasch meine Hand oder mein Bein drückte, und ich wußte es genau nach dieser ersten Nacht seit unserer Trennung.

Aber noch saßen wir hier, ich ungeduldig, wie auf Kohlen, Flora gelöst, meine Mutter völlig überdreht. Als wir sie endlich zu ihrem Abflugsteig brachten, gab sie uns beiden einen Klaps und sagte keck: »Macht's gut, ihr zwei!« und Flora sagte hinterher: »Die ist nicht blöd. Die merkt sofort, was los ist.« Ich lachte und sagte: »Ach was, auf so was kommt die nicht mal im Traum, diese Generation ist viel zu prüde.«

Als meine Mutter durch die Paßkontrolle verschwand, küßten wir uns schnell, und ich bin mir nicht ganz sicher, ob meine Mutter das noch gesehen hat, denn plötzlich drehte sie sich noch einmal um und rief: »Nina! Danke!«

Sie starb zwei Jahre später, nach einem Schlaganfall. Über Flora haben wir manchmal noch gesprochen, sie fragte immer wieder nach ihr, aber ich wich aus und hoffte, Cousine Margret würde nicht entdecken, daß Flora inzwischen schon beinahe bei mir wohnte. Ich war so glücklich mit Flora, aber ich hätte nie den Mut gehabt, meiner Mutter von dieser Liebe zu erzählen. Und doch vertrugen wir uns seit der Reise nach Mailand besser – trotz der alten, schnippischen Rituale zwischen uns waren wir uns nähergekommen. Nicht, daß wir uns umarmt oder größeres Vertrauen zueinander gehabt hätten, aber es war doch nicht mehr so gefährlich kalt wie früher, wenn wir zusammensaßen.

Als meine Mutter im Krankenhaus lag, gelähmt, fast immer bewußtlos, nahm ich Flora einmal mit zu ihr ans Bett. Sie tat, was ich nicht konnte: sie schnitt ihr die Fuß- und Fingernägel, sie kämmte sie, sie beugte sich über sie und küßte sie. Ich konnte nur dasitzen, über all die verpaßten Gelegenheiten weinen und die Hand meiner Mutter halten, die schlaff und weich in meiner Hand lag. Flora setzte sich zu mir, legte den Arm um mich, und auf einmal schlug meine Mutter ihre blauen Augen auf, sah uns an, als würde sie verstehen, daß ich endlich glücklich und zur Ruhe gekommen war, und sie griff nach Floras Hand und legte sie auf meine. Zufall? Bewußte Handlung? Sie starb wenige Tage danach, und wir zogen ihr das schöne Mailänder Nachthemd an.

Monate später, ich hatte ihre Wohnung aufgelöst, ihre Möbel verschenkt, ein paar Kleinigkeiten behalten, kramte ich in einem Karton, in dem sie alte Photos aufbewahrt hatte. Flora sah mir über die Schulter. Da war mein Vater in Uniform mit Hakenkreuz, da waren die einbeinigen Onkel, da war ich, auf dem Arm von Tante Paula, da war meine Mutter, Anfang der 40er Jahre, als junge hübsche Frau. Unten in dem Karton lag ein weißer Briefumschlag, auf dem stand: »Nur für Nina.« Er war mit Tesafilm und Klebeband so fest umwickelt und verschlossen, daß wir eine Schere brauchten, um ihn aufzuschneiden. Ich hatte Angst, was ich darin finden würde. Ich fühlte, daß ich ihrem größten, ihrem einzigen, ihrem wirklichen Geheimnis auf der Spur war.

Der Umschlag enthielt vier kleine schwarzweiße Photos mit gezackten Rändern. Auf allen vier Bildern waren Tante Karla und meine Mutter – meine Mutter in einem Blumenkleid, das ich unter ihren Sachen in Seidenpapier eingewickelt gefunden hatte. Ich hatte sie nie darin gesehen, aber es war, obwohl ein bißchen verschlissen und verblichen, so schön, daß ich es nicht übers Herz gebracht hatte, es in die Kleidersammlung zu geben wie ihren Nerz und die übrigen Sachen. Ich hatte es behalten, und hier auf diesen Photos begegnete ich dem Kleid plötzlich wieder. Auf zwei der Photos rauchte meine Mutter, ich hatte sie nie rauchen sehen. Und neben ihr, den Arm um sie gelegt, ebenfalls rauchend, Tante Karla in einem Männeranzug mit Oberhemd, gelockertem Kragen und Schlips. So standen sie nebeneinander, umarmten sich, sahen unbeschreiblich glücklich aus und lachten in die Kamera, mitten im Krieg, und die Photos hatte sicher Tante Paula gemacht. Im Hintergrund stand ein Kinderwagen, vielleicht lag ich darin und schlief. Es muß in der Kriegswohnung gewesen sein, in der Tante Karla und meine Mutter zusammen gewohnt hatten, ich erkannte ein Blumenbild an der Wand wieder, das später bei uns zu Hause gehangen hatte, und den schwarzen Elefanten aus Ebenholz mit den echten Elfenbeinzähnen auf dem Radio, der jetzt auf meinem Schreibtisch steht.

Das dritte Bild zeigte meine Mutter mädchenhaft klein in einem Sessel sitzend. Tante Karla saß auf der Lehne, hatte eine Hand auf ihrer Schulter, und sie sahen sich an. Und auf dem vierten Photo waren meine Mutter und meine Tante Karla in einen innigen Kuß versunken, mit geschlossenen Augen.

Ich drehte die Bilder um. Auf der Rückseite aller vier Photos stand derselbe Satz, mit sepiabrauner, verblichener Tinte in der zierlichen Schrift meiner Mutter geschrieben: »1940–1945, mit Karla. Meine schönsten Jahre.«

Hugo von Hofmannsthal

Lucidor

Figuren zu einer ungeschriebenen Komödie

Frau von Murska bewohnte zu Ende der siebziger Jahre in einem Hotel der inneren Stadt ein kleines Appartement. Sie führte einen nicht sehr bekannten, aber auch nicht ganz obskuren Adelsnamen; aus ihren Angaben war zu entnehmen, daß ein Familiengut im russischen Teil Polens, das von Rechts wegen ihr und ihren Kindern gehörte, im Augenblick sequestriert oder sonst den rechtmäßigen Besitzern vorenthalten war. Ihre Lage schien geniert, aber wirklich nur für den Augenblick. Mit einer erwachsenen Tochter Arabella, einem halb erwachsenen Sohn Lucidor und einer alten Kammerfrau bewohnten sie drei Schlafzimmer und einen Salon, dessen Fenster nach der Kärtnerstraße gingen. Hier hatte sie einige Familienporträts, Kupfer und Miniaturen an den Wänden befestigt, auf einem Guéridon ein Stück alten Samts mit einem gestickten Wappen ausgebreitet und darauf ein paar silberne Kannen und Körbchen, gute französische Arbeit des achtzehnten Jahrhunderts, aufgestellt, und hier empfing sie. Sie hatte Briefe abgegeben, Besuche gemacht, und da sie eine unwahrscheinliche Menge von »Attachen« nach allen Richtungen hatte, so entstand ziemlich rasch eine Art von Salon. Es war einer jener etwas vagen Salons, die je nach der Strenge des Beurteilenden »möglich« oder »unmöglich« gefunden werden. Immerhin, Frau von Murska war alles, nur nicht vulgär und nicht langweilig, und die Tochter von einer noch viel ausgeprägteren Distinktion in Wesen und Haltung und außerordentlich schön. Wenn man zwischen vier und sechs hinkam, war man sicher, die Mutter zu finden, und fast nie ohne Gesellschaft; die Tochter sah man nicht immer, und den dreizehn- oder vierzehnjährigen Lucidor kannten nur die Intimen.

Frau von Murska war eine wirklich gebildete Frau, und ihre Bildung hatte nichts Banales. In der Wiener großen Welt, zu der sie sich vaguement rechnete, ohne mit ihr in andere als eine sehr peripherische Berührung zu kommen, hätte sie als »Blaustrumpf« einen schweren Stand gehabt. Aber in ihrem Kopf war ein solches Durcheinander von Erlebnissen, Kombinationen, Ahnungen, Irrtümern, Enthusiasmen, Erfahrungen, Apprehensionen, daß es nicht der Mühe wert war, sich bei dem aufzuhalten, was sie aus Büchern hatte. Ihr Gespräch galoppierte von einem Gegenstand zum andern und fand die unwahrscheinlichsten Übergänge; ihre Ruhelosigkeit konnte Mitleid erregen – wenn man sie reden hörte, wußte man, ohne daß sie es zu erwähnen brauchte, daß sie bis zum Wahnsinn an Schlaflosigkeit litt und sich in Sorgen, Kombinationen und fehlgeschlagenen Hoffnungen verzehrte – aber es war durchaus amüsant und wirklich merkwürdig, ihr zuzuhören, und ohne daß sie indiskret sein wollte, war sie es gelegentlich in der fürchterlichsten Weise. Kurz, sie war eine Närrin, aber von der angenehmeren Sorte. Sie war eine seelengute und im Grund eine charmante und gar nicht gewöhnliche Frau. Aber ihr schwieriges Leben, dem sie nicht gewachsen war, hatte sie in einer Weise in Verwirrung gebracht, daß sie in ihrem zweiundvierzigsten Jahre bereits eine phantastische Figur geworden war. Die meisten ihrer Urteile, ihrer Begriffe waren eigenartig und von einer großen seelischen Feinheit; aber sie hatten so ziemlich immer den falschesten Bezug und paßten durchaus nicht auf den Menschen oder auf das Verhältnis, worauf es gerade ankam. Je näher ein Mensch ihr stand, desto weniger übersah sie ihn; und es wäre gegen alle Ordnung gewesen, wenn sie nicht von ihren beiden Kindern das verkehrteste Bild in sich getragen und blindlings danach gehandelt hätte. Arabella war in ihren Augen ein Engel, Lucidor ein hartes kleines Ding ohne viel Herz. Arabella war tausendmal zu gut für diese Welt, und Lucidor paßte ganz vorzüglich in diese Welt hinein. In Wirklichkeit war Arabella das Ebenbild ihres verstorbenen Vaters: eines stolzen, unzufriedenen und ungeduldigen, sehr schönen Menschen, der leicht verachtete, aber seine Verachtung in einer ausgezeichneten Form verhüllte, von Männern respektiert oder beneidet und von vielen Frauen geliebt wurde und eines trockenen Gemütes war. Der kleine Lucidor dagegen hatte nichts als Herz. Aber ich will lieber gleich an dieser Stelle sagen, daß Lucidor kein junger Herr, sondern ein Mädchen war und Lucile hieß. Der Einfall, die jüngere Tochter für die Zeit des Wiener Aufenthaltes als »travesti« auftreten zu lassen, war, wie alle Einfälle der Frau von Murska, blitzartig gekommen und hatte doch zugleich die kompliziertesten Hintergründe und Verkettungen. Hier war vor allem der Gedanke im Spiel, einen ganz merkwürdigen Schachzug gegen einen alten, mysteriösen, aber glücklicherweise wirklich vorhandenen Onkel zu führen, der in Wien lebte und um dessentwillen – alle diese Hoffnungen und Kombinationen waren äußerst vage – sie vielleicht im Grunde gerade diese Stadt zum Aufenthalt gewählt hatte. Zugleich hatte aber die Verkleidung auch noch andere, ganz reale, ganz im Vordergrund liegende Vorteile. Es lebte sich leichter mit *einer* Tochter als mit zweien von nicht ganz gleichem Alter; denn die Mädchen waren immerhin fast vier Jahre auseinander; man kam so mit einem kleineren Aufwand durch. Dann war es eine noch bessere, noch richtigere Position für Arabella, die einzige Tochter zu sein als die ältere; und der recht hübsche kleine »Bruder«, eine Art von Groom, gab dem schönen Wesen noch ein Relief.

Ein paar zufällige Umstände kamen zustatten: die Einfälle der Frau von Murska fußten nie ganz im Unrealen, sie verknüpften nur in sonderbarer Weise das Wirkliche, Gegebene mit dem, was ihrer Phantasie möglich oder erreichbar schien. Man hatte Lucile vor fünf Jahren – sie machte damals, als elfjähriges Kind, den Typhus durch – ihre schönen Haare kurz schneiden müssen. Ferner war es Luciles Vorliebe, im Herrensitz zu reiten; es war eine Gewohnheit von der Zeit her, wo sie mit den kleinrussischen Bauernbuben die Gutspferde ungesattelt in die Schwemme geritten hatte. Lucile nahm die Verkleidung hin, wie sie manches andere hingenommen hätte. Ihr Gemüt war geduldig, und auch das Absurdeste wird ganz leicht zur Gewohnheit. Zudem, da sie qualvoll schüchtern war, entzückte sie der Gedanke, niemals im Salon auftauchen und das heranwachsende Mädchen spielen zu müssen. Die alte Kammerfrau war als einzige im Geheimnis; den fremden Menschen fiel nichts auf. Niemand findet leicht als erster etwas Auffälliges: denn es ist den Menschen im allgemeinen nicht gegeben, zu sehen, was ist.

Auch hatte Lucile wirklich knabenhaft schmale Hüften und auch sonst nichts, was zu sehr das Mädchen verraten hätte. In der Tat blieb die Sache unenthüllt, ja unverdächtig, und als jene Wendung kam, die aus dem kleinen Lucidor eine Braut oder sogar noch etwas Weiblicheres machte, war alle Welt sehr erstaunt.

Natürlich blieb eine so schöne und in jedem Sinne gut aussehende junge Person wie Arabella nicht lange ohne einige mehr oder weniger erklärte Verehrer. Unter diesen war Wladimir weitaus der bedeutendste. Er sah vorzüglich aus, hatte ganz besonders schöne Hände. Er war mehr als wohlhabend und völlig unabhängig, ohne Eltern, ohne Geschwister. Sein Vater war ein bürgerlicher österreichischer Offizier gewesen, seine Mutter eine Gräfin aus einer sehr bekannten baltischen Familie. Er war unter allen, die sich mit Arabella beschäftigten, die einzige wirkliche »Partie«. Dazu kam dann noch ein ganz besonderer Umstand, der Frau von Murska wirklich bezauberte. Gerade er war durch irgendwelche Familienbeziehungen mit dem so schwer zu behandelnden, so unzugänglichen und so äußerst wichtigen Onkel liiert, jenem Onkel, um dessentwillen man eigentlich in Wien lebte und um dessentwillen Lucile Lucidor geworden war. Dieser Onkel, der ein ganzes Stockwerk des Buquoyschen Palais in der Wallnerstraße bewohnte und früher ein sehr vielbesprochener Herr gewesen war, hatte Frau von Murska sehr schlecht aufgenommen. Obwohl sie doch wirklich die Witwe seines Neffen (genauer: seines Vaters-Bruders-Enkel) war, hatte sie ihn doch erst bei ihrem dritten Besuch zu sehen bekommen und war darauf niemals auch nur zum Frühstück oder zu einer Tasse Tee eingeladen worden. Dagegen hatte er, ziemlich de mauvaise grâce, gestattet, daß man ihm Lucidor einmal schicke. Es war die Eigenart des interessanten alten Herrn, daß er Frauen nicht leiden konnte, weder alte noch junge. Dagegen bestand die unsichere Hoffnung, daß er sich für einen jungen Herrn, der immerhin sein Blutsverwandter war, wenn er auch nicht denselben Namen führte, irgendeinmal in ausgiebiger Weise interessieren könnte. Und selbst diese ganz unsichere Hoffnung war in einer höchst prekären Lage unendlich viel wert. Nun war Lucidor tatsächlich einmal auf Befehl der Mutter allein hingefahren, aber nicht angenommen worden, worüber Lucidor sehr glücklich war, die Mutter aber aus der Fassung kam, besonders als dann auch weiterhin nichts erfolgte und der kostbare Faden abgerissen schien. Diesen wieder anzuknüpfen, war nun Wladimir durch seine doppelte Beziehung wirklich der providentielle Mann. Um die Sache richtig in Gang zu bringen, wurde in unauffälliger Weise Lucidor manchmal zugezogen, wenn Wladimir Mutter und Tochter besuchte, und der Zufall fügte es ausgezeichnet, daß Wladimir an dem Burschen Gefallen fand und ihn schon bei der ersten Begegnung aufforderte, hie und da mit ihm auszureiten, was nach einem raschen, zwischen Arabella und der Mutter gewechselten Blick dankend angenommen wurde. Wladimirs Sympathie für den jüngeren Bruder einer Person, in die er recht sehr verliebt war, war nur selbstverständlich; auch gibt es kaum etwas Angenehmeres als den Blick unverhohlener Bewunderung aus den Augen eines netten vierzehnjährigen Burschen.

Frau von Murska war mehr und mehr auf den Knien vor Wladimir. Arabella machte das ungeduldig wie die meisten Haltungen ihrer Mutter, und fast unwillkürlich, obwohl sie Wladimir gern sah, fing sie an, mit einem seiner Rivalen zu kokettieren, dem Herrn von Imfanger, einem netten und ganz eleganten Tiroler, halb Bauer, halb Gentilhomme, der als Partie aber nicht einmal in Frage kam. Als die Mutter einmal schüchterne Vorwürfe wagte, daß Arabella gegen Wladimir sich nicht so betrage, wie er ein Recht hätte, es zu erwarten, gab Arabella eine abweisende Antwort, worin viel mehr Geringschätzung und Kälte gegen Wladimir pointiert war, als sie tatsächlich fühlte. Lucidor-Lucile war zufällig zugegen. Das Blut schoß ihr zum Herzen und verließ wieder jäh das Herz. Ein schneidendes Gefühl durchzuckte sie: sie fühlte Angst, Zorn und Schmerz in einem. Über die Schwester erstaunte sie dumpf. Arabella war ihr immer fremd. In diesem Augenblick erschien sie ihr fast grausig, und sie hätte nicht sagen können, ob sie sie bewunderte oder haßte. Dann löste sich alles in ein schrankenloses Leid. Sie ging hinaus und sperrte sich in ihr Zimmer. Wenn man ihr gesagt hätte, daß sie einfach Wladimir liebte, hätte sie es vielleicht nicht verstanden. Sie handelte, wie sie mußte, automatisch, indessen ihr Tränen herunterliefen, deren wahren Sinn sie nicht verstand. Sie setzte sich hin und schrieb einen glühenden Liebesbrief an Wladimir. Aber nicht für sich, für Arabella. Daß ihre Handschrift der Arabellas zum Verwechseln ähnlich war, hatte sie oft verdrossen. Gewaltsam hatte sie sich eine andere, recht häßliche Handschrift angewöhnt. Aber sie konnte sich der früheren, die ihrer Hand eigentlich gemäß war, jederzeit bedienen. Ja, im Grunde fiel es ihr leichter, so zu schreiben. Der Brief war, wie er nur denen gelingt, die an nichts denken und eigentlich außer sich sind. Er desavouierte Arabellas ganze Natur: aber das war ja, was er wollte, was er sollte. Er war sehr unwahrscheinlich, aber ebendadurch wieder in gewisser Weise wahrscheinlich als der Ausdruck eines gewaltsamen inneren Umsturzes. Wenn Arabella tief und hingebend zu lieben vermocht hätte und sich dessen in einem jähen Durchbruch mit einem Schlage bewußt worden wäre, so hätte sie sich allenfalls so ausdrücken und mit dieser Kühnheit und glühenden Verachtung von sich selber, von der Arabella, die jedermann kannte, reden können. Der Brief war sonderbar, aber immerhin auch für einen kalten, gleichgültigen Leser nicht ganz unmöglich als ein Brief eines verborgen leidenschaftlichen, schwer berechenbaren Mädchens. Für den, der verliebt ist, ist zudem die Frau, die er liebt, immer ein unberechenbares Wesen. Und schließlich war es der Brief, den zu empfangen ein Mann in seiner Lage im stillen immer wünschen und für möglich halten kann. Ich nehme hier vorweg, daß der Brief auch wirklich in Wladimirs Hände gelangte: dies erfolgte in der Tat schon am nächsten Nachmittag, auf der Treppe, unter leisem Nachschleichen, vorsichtigem Anrufen, Flüstern von Lucidor als dem aufgeregten, ungeschickten vermeintlichen Postillon d'amour seiner schönen Schwester. Ein Postskriptum war natürlich beigefügt: es enthielt die dringende, ja flehende Bitte, sich nicht zu erzürnen, wenn sich zunächst in Arabellas Betragen weder gegen den Geliebten noch gegen andere auch nur die leiseste Veränderung würde wahrnehmen lassen. Auch er werde hoch und teuer gebeten, sich durch kein Wort, nicht einmal durch einen Blick, merken zu lassen, daß er sich zärtlich geliebt wisse.

Es vergehen ein paar Tage, in denen Wladimir mit Arabella nur kurze Begegnungen hat, und niemals unter vier Augen. Er begegnet ihr, wie sie es verlangt hat; sie begegnet ihm, wie sie es vorausgesagt hat. Er fühlt sich glücklich und unglücklich. Er weiß jetzt erst, wie gern er sie hat. Die Situation ist danach, ihn grenzenlos ungeduldig zu machen.

Lucidor, mit dem er jetzt täglich reitet, in dessen Gesellschaft fast noch allein ihm wohl ist, merkt mit Entzücken und mit Schrecken die Veränderung im Wesen des Freundes, die wachsende heftige Ungeduld. Es folgt ein neuer Brief, fast noch zärtlicher als der erste, eine neue rührende Bitte, das vielfach bedrohte Glück der schwebenden Lage nicht zu stören, sich diese Geständnisse genügen zu lassen und höchstens schriftlich, durch Lucidors Hand, zu erwidern. Jeden zweiten, dritten Tag geht jetzt ein Brief hin oder her. Wladimir hat glückliche Tage und Lucidor auch. Der Ton zwischen den beiden ist verändert, sie haben ein unerschöpfliches Gesprächsthema. Wenn sie in irgendeinem Gehölz des Praters vom Pferd gestiegen sind und Lucidor seinen neuesten Brief übergeben hat, beobachtet er mit angstvoller Lust die Züge des Lesenden. Manchmal stellt er Fragen, die fast indiskret sind; aber die Erregung des Knaben, der in diese Liebessache verstrickt ist, und seine Klugheit, ein Etwas, das ihn täglich hübscher und zarter aussehen macht, amüsiert Wladimir, und er muß sich eingestehen, daß es ihm, der sonst verschlossen und hochmütig ist, hart ankäme, nicht mit Lucidor über Arabella zu sprechen. Lucidor posiert manchmal auch den Mädchenfeind, den kleinen, altklugen und in kindischer Weise zynischen Burschen. Was er da vorbringt, ist durchaus nicht banal; denn er weiß einiges von dem darunter zu mischen, was die Ärzte »introspektive Wahrheiten« nennen. Aber Wladimir, dem es nicht an Schuldgefühl mangelt, weiß ihn zu belehren, daß die Liebe, die er einflöße, und die er einem solchen Wesen wie Arabella einflöße, von ganz eigenartiger, mit nichts zu vergleichender Beschaffenheit sei. Lucidor findet Wladimir in solchen Augenblicken um so bewundernswerter und sich selbst klein und erbärmlich. Sie kommen aufs Heiraten, und dieses Thema ist Lucidor eine Qual, denn dann beschäftigt sich Wladimir fast ausschließlich mit der Arabella des Lebens anstatt mit der Arabella der Briefe. Auch fürchtet Lucidor wie den Tod jede Entscheidung, jede einschneidende Veränderung. Sein einziger Gedanke ist, die Situation so hinzuziehen. Es ist nicht zu sagen, was das arme Geschöpf aufbietet, um die äußerlich und innerlich so prekäre Lage durch Tage, durch Wochen – weiter zu denken, fehlt ihm die Kraft – in einem notdürftigen Gleichgewicht zu halten. Da ihm nun einmal die Mission zugefallen ist, bei dem Onkel etwas für die Familie auszurichten, so tut er sein mögliches. Manchmal geht Wladimir mit; der Onkel ist ein sonderbarer alter Herr, den es offenbar amüsiert, sich vor jüngeren Leuten keinen Zwang anzutun, und seine Konversation ist derart, daß eine solche Stunde für Lucidor eine wahrhaft qualvolle kleine Prüfung bedeutet. Dabei scheint dem Alten kein Gedanke ferner zu liegen als der, irgend etwas für seine Anverwandten zu tun. Lucidor kann nicht lügen und möchte um alles seine Mutter beschwichtigen. Die Mutter, je tiefer ihre Hoffnungen, die sie auf den Onkel gesetzt hatte, sinken, sieht mit um so größerer Ungeduld, daß sich zwischen Arabella und Wladimir nichts der Entscheidung zu nähern scheint. Die unglückseligen Personen, von denen sie im Geldpunkt abhängig ist, fangen an, ihr die eine wie die andere dieser glänzenden Aussichten als Nonvaleur in Rechnung zu stellen. Ihre Angst, ihre mühsam verhohlene Ungeduld teilt sich allen mit, am meisten dem armen Lucidor, in dessen Kopf so unverträgliche Dinge durcheinander hingehen. Aber er soll in der seltsamen Schule des Lebens, in die er sich nun einmal begeben hat, einige noch subtilere und schärfere Lektionen empfangen.

Das Wort von einer Doppelnatur Arabellas war niemals ausdrücklich gefallen. Aber der Begriff ergab sich von selbst: die Arabella des Tages war ablehnend, kokett, präzis, selbstsicher, weltlich und trocken fast bis zum Exzeß, die Arabella der Nacht, die bei einer Kerze an den Geliebten schrieb, war hingebend, sehnsüchtig fast ohne Grenzen. Zufällig oder gemäß dem Schicksal entsprach dies einer ganz geheimen Spaltung auch in Wladimirs Wesen. Auch er hatte, wie jedes beseelte Wesen, mehr oder minder seine Tag- und Nachtseite. Einem etwas trockenen Hochmut, einem Ehrgeiz ohne Niedrigkeit und Streberei, der aber hochgespannt und ständig war, standen andere Regungen gegenüber, oder eigentlich: standen nicht gegenüber, sondern duckten sich ins Dunkel, suchten sich zu verbergen, waren immer bereit, unter die dämmernde Schwelle ins Kaumbewußte hinabzutauchen. Eine phantasievolle Sinnlichkeit, die sich etwa auch in ein Tier hineinträumen konnte, in einen Hund, in einen Schwan, hatte zu Zeiten seine Seele fast ganz in Besitz gehabt. Dieser Zeiten des Überganges vom Knaben zum Jüngling erinnerte er sich nicht gerne. Aber irgend etwas davon war immer in ihm, und diese verlassene, auch von keinem Gedanken überflogene, mit Willen verödete Nachtseite seines Wesens bestrich nun ein dunkles, geheimnisvolles Licht: die Liebe der unsichtbaren, anderen Arabella. Wäre die Arabella des Tages zufällig seine Frau gewesen oder seine Geliebte geworden, er wäre mit ihr immer ziemlich terre à terre geblieben und hätte sich selbst nie konzediert, den Phantasmen einer mit Willen unterdrückten Kinderzeit irgendwelchen Raum in seiner Existenz zu gönnen. An die im Dunklen Lebende dachte er in anderer Weise und schrieb ihr in anderer Weise. Was hätte Lucidor tun sollen, als der Freund begehrte, nur irgendein Mehr, ein lebendigeres Zeichen zu empfangen als diese Zeilen auf weißem Papier? Lucidor war allein mit seiner Bangigkeit, seiner Verworrenheit, seiner Liebe. Die Arabella des Tages half ihm nicht. Ja, es war, als spielte sie, von einem Dämon angetrieben, gerade gegen ihn. Je kälter, sprunghafter, weltlicher, koketter sie war, desto mehr erhoffte und erbat Wladimir von der anderen. Er bat so gut, daß Lucidor zu versagen nicht den Mut fand. Hätte er ihn gefunden, es hätte seiner zärtlichen Feder an der Wendung gefehlt, die Absage auszudrücken. Es kam eine Nacht, in der Wladimir denken durfte, von Arabella in Lucidors Zimmer empfangen, und wie empfangen, worden zu sein. Es war Lucidor irgendwie gelungen, das Fenster nach der Kärntnerstraße so völlig zu verdunkeln, daß man nicht die Hand vor den Augen sah. Daß man die Stimmen zum unhörbarsten Flüstern abdämpfen mußte, war klar: nur eine einfache Tür trennte von der Kammerfrau. Wo Lucidor die Nacht verbrachte, blieb ungesagt: doch war er offenbar nicht im Geheimnis, sondern man hatte gegen ihn einen Vorwand gebraucht. Seltsam war, daß Arabella ihr schönes Haar in ein dichtes Tuch fest eingewunden trug und der Hand des Freundes sanft, aber bestimmt versagte, das Tuch zu lösen. Aber dies war fast das einzige, das sie versagte. Es gingen mehrere Nächte hin, die dieser Nacht nicht glichen, aber es folgte wieder eine, die ihr glich, und Wladimir war sehr glücklich. Vielleicht waren dies die glücklichsten Tage seines ganzen Lebens. Gegen Arabella, wenn er untertags mit ihr zusammen ist, gibt ihm die Sicherheit seines nächtlichen Glückes einen eigenen Ton. Er lernt eine besondere Lust darin finden, daß sie bei Tag so unbegreiflich anders ist; ihre Kraft über sich selber, daß sie niemals auch nur in einem Blick, einer Bewegung sich vergißt, hat etwas Bezauberndes. Er glaubt zu bemerken, daß sie von Woche zu Woche um so kälter gegen ihn ist, je zärtlicher sie sich in den Nächten gezeigt hat. Er will jedenfalls nicht weniger geschickt, nicht weniger beherrscht erscheinen. Indem er diesem geheimnisvoll starken weiblichen Willen so unbedingt sich fügt, meint er, das Glück seiner Nächte einigermaßen zu verdienen. Er fängt an, gerade aus ihrem doppelten Wesen den stärksten Genuß zu ziehen. Daß ihm die gehöre, die ihm so gar nicht zu gehören scheint, daß die gleiche, welche sich grenzenlos zu verschenken versteht, in einer solchen unberührten, unberührbaren Gegenwart sich zu behaupten weiß, dies wirklich zu erleben ist schwindelnd, wie der wiederholte Trunk aus einem Zauberbecher. Er sieht ein, daß er dem Schicksal auf den Knien danken müsse, in einer so einzigartigen, dem Geheimnis seiner Natur abgelauschten Weise beglückt zu werden. Er spricht es überströmend aus, gegen sich selber, auch gegen Lucidor. Es gibt nichts, was den armen Lucidor im Innersten tödlicher erschrecken könnte.

Arabella indessen, die wirkliche, hat sich gerade in diesen Wochen von Wladimir so entschieden abgewandt, daß er es von Stunde zu Stunde bemerken müßte, hätte er nicht den seltsamsten Antrieb, alles falsch zu deuten. Ohne daß er sich geradezu verrät, spürt sie zwischen sich und ihm ein Etwas, das früher nicht war. Sie hat sich immer mit ihm verstanden, sie versteht sich auch noch mit ihm; ihre Tagseiten sind einander homogen; sie könnten eine gute Vernunftehe führen. Mit Herrn von Imfanger versteht sie sich nicht, aber er gefällt ihr. Daß Wladimir ihr in diesem Sinne nicht gefällt, spürt sie nun stärker; jenes unverklärliche Etwas, das von ihm zu ihr zu vibrieren scheint, macht sie ungeduldig. Es ist nicht Werbung, auch nicht Schmeichelei; sie kann sich nicht klar werden, was es ist, aber sie goutiert es nicht. Imfanger muß sehr wohl wissen, daß er ihr gefällt. Wladimir glaubt seinerseits noch ganz andere Beweise dafür zu haben. Zwischen den beiden jungen Herren ergibt sich die sonderbarste Situation. Jeder meint, daß der andere doch alle Ursache habe, verstimmt zu sein oder einfach das Feld zu räumen. Jeder findet die Haltung, die ungestörte Laune des andern im Grunde einfach lächerlich. Keiner weiß, was er sich aus dem andern machen soll, und einer hält den andern für einen ausgemachten Geck und Narren.

Die Mutter ist in der qualvollsten Lage. Mehrere Auskunftsmittel versagen: Befreundete Personen lassen sie im Stich. Ein unter der Maske der Freundschaft angebotenes Darlehen wird rücksichtslos eingefordert. Die vehementen Entschlüsse liegen Frau von Murska immer sehr nahe. Sie wird den Haushalt in Wien von einem Tag auf den andern auflösen, sich bei der Bekanntschaft brieflich verabschieden, irgendwo ein Asyl suchen, und wäre es auf dem sequestrierten Gut im Haus der Verwaltersfamilie. Arabella nimmt eine solche Entschließung nicht angenehm auf, aber Verzweiflung liegt ihrer Natur ferne. Lucidor muß eine wahre, unbegrenzte Verzweiflung angstvoll in sich verschließen. Es waren mehrere Nächte vergangen, ohne daß sie den Freund gerufen hätte. Sie wollte ihn diese Nacht wieder rufen. Das Gespräch abends zwischen Arabella und der Mutter, der Entschluß zur Abreise, die Unmöglichkeit, die Abreise zu verhindern: dies alles trifft sie wie ein Keulenschlag. Und wollte sie zu einem verzweifelten Mittel greifen, alles hinter sich werfen, der Mutter alles gestehen, dem Freund vor allem offenbaren, wer die Arabella seiner Nächte gewesen ist, so durchfährt sie eisige Furcht vor seiner Enttäuschung, seinem Zorn. Sie kommt sich wie eine Verbrecherin vor, aber gegen ihn, an die anderen denkt sie nicht. Sie kann ihn diese Nacht nicht sehen. Sie fühlt, daß sie vor Scham, vor Angst und Verwirrung vergehen würde. Statt ihn in den Armen zu halten, schreibt sie an ihn, zum letztenmal. Es ist der demütigste, rührendste Brief, und nichts paßt weniger zu ihm als der Name Arabella, womit sie ihn unterschreibt. Sie hat nie wirklich gehofft, seine Gattin zu werden. Auch kurze Jahre, ein Jahr als seine Geliebte mit ihm zu leben, wäre unendliches Glück. Aber auch das darf und kann nicht sein. Er soll nicht fragen, nicht in sie dringen, beschwört sie ihn. Soll morgen noch zu Besuch kommen, aber erst gegen Abend. Den übernächsten Tag dann – sind sie vielleicht schon abgereist. Später einmal wird er vielleicht erfahren, begreifen, sie möchte hinzufügen: verzeihen, aber das Wort scheint ihr in Arabellas Mund zu unbegreiflich, so schreibt sie es nicht. Sie schläft wenig, steht früh auf, schickt den Brief durch den Lohndiener des Hotels an Wladimir. Der Vormittag vergeht mit Packen. Nach Tisch, ohne etwas zu erwähnen, fährt sie zu dem Onkel. Nachts ist ihr der Gedanke gekommen. Sie würde die Worte, die Argumente finden, den sonderbaren Mann zu erweichen. Das Wunder würde geschehen und dieser festverschnürte Geldbeutel sich öffnen. Sie denkt nicht an die Realität dieser Dinge, nur an die Mutter, an die Situation, an ihre Liebe. Mit dem Geld oder dem Brief in der Hand würde sie der Mutter zu Füßen fallen und als einzige Belohnung erbitten – was? – ihr übermüdeter, gequälter Kopf versagt beinahe – ja! nur das Selbstverständliche: daß man in Wien bliebe, daß alles bliebe, wie es ist. Sie findet den Onkel zu Hause. Die Details dieser Szene, die recht sonderbar verläuft, sollen hier nicht erzählt werden. Nur dies: sie erweicht ihn tatsächlich – er ist nahe daran, das Entscheidende zu tun, aber eine greisenhafte Grille wirft den Entschluß wieder um: er wird später etwas tun, wann, das bestimmt er nicht, und damit basta. Sie fährt nach Hause, schleicht die Treppe hinauf, und in ihrem Zimmer, zwischen Schachteln und Koffern, auf dem Boden hockend, gibt sie sich ganz der Verzweiflung hin. Da glaubt sie im Salon Wladimirs Stimme zu hören. Auf den Zehen schleicht sie hin und horcht. Es ist wirklich Wladimir – mit Arabella, die mit ziemlich erhobenen Stimmen im sonderbarsten Dialog begriffen sind.

Wladimir hat am Vormittag Arabellas geheimnisvollen Abschiedsbrief empfangen. Nie hat etwas sein Herz so getroffen. Er fühlt, daß zwischen ihm und ihr etwas Dunkles stehe, aber nicht zwischen Herz und Herz. Er fühlt die Liebe und die Kraft in sich, es zu erfahren, zu begreifen, zu verzeihen, sei es, was es sei. Er hat die unvergleichliche Geliebte seiner Nächte zu lieb, um ohne sie zu leben. Seltsamerweise denkt er gar nicht an die wirkliche Arabella, fast kommt es ihm sonderbar vor, daß sie es sein wird, der er gegenüberzutreten hat, um sie zu beschwichtigen, aufzurichten, sie ganz und für immer zu gewinnen. Er kommt hin, findet im Salon die Mutter allein. Sie ist aufgeregt, wirr und phantastisch wie nur je. Er ist anders, als sie ihn je gesehen hat. Er küßt ihre Hände, er spricht, alles in einer gerührten, befangenen Weise. Er bittet sie, ihm ein Gespräch unter vier Augen mit Arabella zu gestatten. Frau von Murska ist entzückt und ohne Übergang in allen Himmeln. Das Unwahrscheinliche ist ihr Element. Sie eilt, Arabella zu holen, dringt in sie, dem edlen jungen Mann nun, wo alles sich so herrlich gewendet, ihr Ja nicht zu versagen. Arabella ist maßlos erstaunt. »Ich stehe durchaus nicht so mit ihm«, sagt sie kühl. »Man ahnt nie, wie man mit Männern steht«, entgegnet ihr die Mutter und schickt sie in den Salon. Wladimir ist verlegen, ergriffen und glühend. Arabella findet mehr und mehr, daß Herr von Imfanger recht habe, Wladimir einen sonderbaren Herrn zu finden. Wladimir, durch ihre Kühle aus der Fassung, bittet sie, nun endlich die Maske fallen zu lassen. Arabella weiß durchaus nicht, was sie fallen lassen soll. Wladimir wird zugleich zärtlich und zornig, eine Mischung, die Arabella so wenig goutiert, daß sie schließlich aus dem Zimmer läuft und ihn allein stehen läßt. Wladimir in seiner maßlosen Verblüffung ist um so näher daran, sie für verrückt zu halten, als sie ihm soeben angedeutet hat, sie halte ihn dafür und sei mit einem Dritten über diesen Punkt ganz einer Meinung. Wladimir würde in diesem Augenblick einen sehr ratlosen Monolog halten, wenn nicht die andere Tür aufginge und die sonderbarste Erscheinung auf ihn zustürzte, ihn umschlänge, an ihm herunter zu Boden glitte. Es ist Lucidor, aber wieder nicht Lucidor, sondern Lucile, ein liebliches und in Tränen gebadetes Mädchen, in einem Morgenanzug Arabellas, das bubenhaft kurze Haar unter einem dichten Seidentuch verborgen. Es ist sein Freund und Vertrauter, und zugleich seine geheimnisvolle Freundin, seine Geliebte, seine Frau. Einen Dialog, wie der sich nun entwickelnde, kann das Leben hervorbringen und die Komödie nachzuahmen versuchen, aber niemals die Erzählung.

Ob Lucidor nachher wirklich Wladimirs Frau wurde oder bei Tag und in einem anderen Land das blieb, was sie in dunkler Nacht schon gewesen war, seine glückliche Geliebte, sei gleichfalls hier nicht aufgezeichnet.

Es könnte bezweifelt werden, ob Wladimir ein genug wertvoller Mensch war, um so viel Hingabe zu verdienen. Aber jedenfalls hätte sich die ganze Schönheit einer bedingungslos hingebenden Seele, wie Luciles, unter anderen als so seltsamen Umständen nicht enthüllen können.

August Strindberg

Romeo und Julia

Der Mann kam eines Abends mit einem Notenheft nach Haus und sagte zu seiner Frau:

»Nach dem Essen wollen wir vierhändig spielen.«

»Was hast du da für ein neues Stück?« fragte die Frau.

»Ich habe ›Romeo und Julia‹ gekauft. Kennst du das?«

»Ja, gewiß kenne ich das«, antwortete sie, »aber ich weiß nicht, ob ich es je habe aufführen sehen.«

»Oh, es ist herrlich! Ich denke daran wie an einen Jugendtraum, aber ich habe es nicht mehr als einmal gehört, und das war vor zwanzig Jahren.«

Nach dem Abendessen, nachdem die Kinder zu Bett gebracht waren und es still im Hause geworden, zündete der Mann die Lichter auf dem Pianino an. Er liest auf dem fein lithographierten Titelblatt: »Romeo und Julia.«

»Dies ist Gounods schönste Komposition«, sagt er, »und ich glaube nicht, daß sie allzu schwer ist.«

Seine Frau übernimmt wie gewöhnlich die erste Stimme, und so beginnt man. D-dur, Vierviertel-Takt, Allegro giusto.

»Das ist schön, nicht wahr?« sagt der Mann nach dem Schluß der Ouvertüre.

»Oh ja«, gibt die Frau zu, wenn auch etwas widerstrebend.

»Laß uns nun das Marziale nehmen«, sagt der Mann,

»das ist etwas ganz Feines. Ich erinnere mich noch an die prächtigen Chöre des königlichen Theaters.«

Der Marsch beginnt.

»Nun, ist es nicht prächtig?« sagt der Mann triumphierend, als habe er »Romeo und Julia« selber geschrieben.

»Ich finde, es klingt wie Messingmusik«, antwortete seine Frau.

Die Ehre und der gute Geschmack des Mannes stehen auf dem Spiel, und er sucht nach der Mondscheinarie im vierten Akt. Nach langem Suchen stößt er auf eine Arie für Sopran; die muß wohl die rechte sein.

Und er beginnt von neuem:

Tram-tramtram, tram-tramtram, so klingt es im Baß, der sehr leicht ist.

»Weißt du«, meint die Frau, als es zu Ende ist, »die Musik ist sehr mäßig.«

Der Mann ist ganz niedergeschlagen und gibt zu, daß es wie ein Leierkasten klingt.

»Das habe ich schon die ganze Zeit gefunden«, bekennt die Frau.

»Ich finde auch, es klingt so altmodisch. Daß Gounod so schnell veraltet ist«, bemerkt er ganz kleinlaut. »Willst du weiterspielen? Laß uns die Cavatina und das Terzett durchnehmen; ich erinnere mich besonders an die Sängerin, die war göttlich.«

Nach diesem Stück sieht der Mann wirklich betrübt aus und legt das Heft fort, als wolle er die Tür hinter der Vergangenheit schließen.

»Wollen wir nicht ein Glas Bier trinken?« fragt er.

Sie setzen sich an den Tisch und trinken ein Glas Bier.

»Es ist doch merkwürdig«, beginnt der Mann, »ich hätte

nicht geglaubt, daß wir so alt geworden sind, denn wir sind wirklich mit ›Romeo und Julia‹ um die Wette gealtert. Es sind zwanzig Jahre her, seit ich die Oper zum ersten Mal hörte. Ich war eben Student geworden, hatte Freunde, und die Zukunft lächelte mir hell und froh entgegen. Seit kurzer Zeit machte ich mit einem keimenden Schnurrbart und der Studentenmütze Staat, und besonders *der* Abend ist mir in Erinnerung, an dem Fritz, Philipp und ich in die Oper gingen. Einige Jahre früher hatten wir die Bekanntschaft des ›Faust‹ gemacht, waren also große Bewunderer Gounods. Doch ›Romeo‹ übertraf noch unsere Erwartungen, und wir wurden von der Musik ganz hingerissen. Jetzt sind meine beiden Freunde tot. Fritz, der zu den höchsten Stellen hinaufstrebte, starb als Sekretär; Philipp als Kandidat der Medizin; und ich, der Minister werden wollte, mußte mich schließlich damit begnügen, Regimentsauditor zu sein. Wie die Jahre verschwunden sind, ohne daß wir es gemerkt haben! Zwar habe ich gesehen, daß die Runzeln um meine Augen deutlicher geworden sind und daß das Haar an den Schläfen ergraut ist, doch daß wir bereits so weit auf dem Weg zum Kirchhof gekommen sind, das hätte ich nicht geglaubt.«

»Ja, mein Freund, wir sind alt geworden; das kannst du an unseren Kindern sehen. Und auch an mir siehst du's, wenn du auch davon schweigst.«

»Ach, wie kannst du so etwas sagen!«

»Das weiß ich sehr wohl, mein Lieber«, fuhr die Frau in wehmütigem Ton fort. »Ich weiß wohl, daß ich anfange, häßlich zu werden, daß mein Haar dünner wird und daß ich bald meine Vorderzähne ziehen lassen muß ...«

»Aber bedenke doch, daß jetzt nichts mehr dauert«,

unterbricht sie der Mann. »Es scheint heutzutage mit dem Altwerden viel geschwinder zu gehen als früher. Im Haus meines Vaters wurden noch Haydn und Mozart gespielt, obgleich sie tot waren, lange ehe er geboren wurde. Und jetzt – jetzt ist Gounod bereits alt! Es ist betrübend, seinem Jugendideal auf die Weise wieder zu begegnen! Und wie schauerlich ist es, zu fühlen, daß man alt geworden ist!«

Er steht auf und setzt sich wieder ans Pianino; er nimmt das Notenheft und blättert darin, wie wenn er in einer Schreibtischlade nach Jugenderinnerungen, Haarlocken, getrockneten Blumen und Bandenden suche. Seine Augen starren auf die schwarzen Noten, die wie kleine Vögel aussehen, die an einem Stahldrahtgitter auf und nieder klettern; er versucht, in ihnen auf Frühlingstöne, Liebeslockungen, jubelnde Triller aus den rosenroten Tagen der ersten Liebe zu lauschen. Doch alles blickt ihm so fremd entgegen, als sei die Erinnerung an die Blütezeit der Jugend mit Unkraut überwachsen. Ja, so ist es; die Saiten sind mit Staub bedeckt, der Resonanzboden ist eingetrocknet, der Filz abgenützt.

Ein Seufzer hallt durchs Zimmer, schwer wie aus einer hohlen Brust, und dann wird es ganz still.

Plötzlich hört man den Mann sagen:

»Aber sonderbar ist es doch, daß der herrliche Prolog in diesem Klavierauszug fehlt. Es war, wie ich mich bestimmt erinnere, ein Prolog mit Harfenbegleitung und ein Chor, der so lautete.«

Er trällert leise die Melodie, die wie ein Bach aus einer Bergeskluft hervorsprudelt; der eine Ton gibt den andern, sein Gesicht klärt sich auf, der Mund lächelt, die Runzeln glätten sich, und die Hände fallen auf die Tasten nieder, die kräftig, jugendlich und schmeichelnd die herrlichen Töne wiedergeben, und mit starker klangvoller Stimme singt er die Baßpartie.

Seine Gattin ist aus ihren schwermütigen Gedanken erwacht, sie lauscht mit tränendem Auge und fragt verwundert:

»Was ist das?«

»Romeo und Julia! Unser Romeo und unsere Julia.«

Und er springt vom Stuhl auf und legt das Notenheft vor die erstaunte junge Frau.

»Siehst du! Dies war der Romeo unserer Oheime und Tanten, das war – lies nur – Bellini! Oh! Wir sind also noch nicht alt!«

Die Frau blickt auf das dichte, noch glänzende Haar des dreißigjährigen Mannes, auf seine glatte Stirn und seine feurigen Augen. Und sie sagt freudestrahlend:

»Ja, du siehst aus wie ein Fünfundzwanzigjähriger!«

»Und du? Du siehst aus wie ein junges Mädchen. Daß wir uns von dem alten Bellini so haben anführen lassen. Ich dachte gleich, daß etwas nicht stimme.«

»Nein, lieber Freund, das habe ich zuerst gedacht.«

»Wahrscheinlich, weil du jünger bist als ich.«

»Nein, du ...«

Und Mann und Frau sitzen da und streiten scherzend darüber, wer von ihnen älter sei, ganz wie ein Paar Kinder, und sie wundern sich, wie sie früher Runzeln und graue Haare haben entdecken können, wo keine da sind.

Autoren- und Quellennachweis

Hans Christian Andersen (1805–1875) lebte seit 1819 in Kopenhagen. Er wurde vielfach gefördert und unternahm zahlreiche Auslandsreisen. Weltberühmt wurde er durch seine in einem scheinbar naiven Stil verfaßten Kunstmärchen, in denen sich Humor, Ironie und Resignation vereinen.
Die kleine Seejungfrau, aus: Die schönsten Märchen. Aus dem Dänischen von Mathilde Mann. Ausgewählt und mit einem Nachwort versehen von Ulrich Sonnenberg. Insel Verlag, Frankfurt am Main/Leipzig 2000, S. 55–86.

Anna Gavalda, geboren 1970, studierte in Paris Literatur und arbeitete als Französischlehrerin, ehe sie ihre Erzählungen »Ich wünsche mir, daß irgendwo jemand auf mich wartet« veröffentlichte. Es folgten die erfolgreichen Romane »Ich habe sie geliebt« und »Zusammen ist man weniger allein«.
Jahrelang, aus: Ich wünsche mir, daß irgendwo jemand auf mich wartet. Erzählungen. Aus dem Französischen von Ina Kronenberger. © Carl Hanser Verlag, München/Wien 2002, S. 106–122.

Johann Peter Hebel (1760–1826) war Schuldirektor in Karlsruhe und ab 1819 Prälat der badischen Landeskirche. Die bekanntesten seiner Kurzerzählungen, die als Kalendergeschichten im »Rheinischen Hausfreund« erschienen, faßte er unter dem Titel »Schatzkästlein des rheinischen Hausfreundes« zusammen.
Unverhofftes Wiedersehen, aus: Schatzkästlein des rheinischen

Hausfreundes. Herausgegeben und mit einem Nachwort versehen von Jan Knopf. Insel Verlag, Frankfurt am Main/Leipzig 1984, S. 248–250.

Elke Heidenreich, geboren 1943, war Moderatorin verschiedener Talkshows und lebt heute als erfolgreiche Buchautorin in Köln. Zuletzt erschienen von ihr der erfolgreiche Erzählband »Der Welt den Rücken«, »Rudernde Hunde« (mit Bernd Schröder) und »Nurejews Hund«.
Die schönsten Jahre, aus: Der Welt den Rücken. Erzählungen. © 2000 Elke Heidenreich und Carl Hanser Verlag, München/Wien, S. 7–43.

Hermann Hesse (1877–1962) arbeitete im Buchhandel, ehe er seit 1904 als freier Schriftsteller tätig war. Berühmt wurde er für seine Gedichte ebenso wie für die Romane »Der Steppenwolf«, »Narziß und Goldmund« sowie »Das Glasperlenspiel«. 1946 wurde er mit dem Nobelpreis für Literatur ausgezeichnet.
Der Zyklon, aus: Ausgewählte Liebesgeschichten. Zusammengestellt von Volker Michels. Insel Verlag, Frankfurt am Main/Leipzig 2003, S. 142–162. © 1995 Suhrkamp Verlag, Frankfurt am Main.

Hugo von Hofmannsthal (1874–1929) studierte Jura und Romanistik und schrieb schon als junger Mann vollendete Versdramen und Gedichte. Die größte Popularität erreichte er durch seine Stücke »Der Rosenkavalier« und »Jedermann«.
Lucidor. Figuren zu einer ungeschriebenen Komödie, aus: Erzählungen. S. Fischer Verlag GmbH, Frankfurt am Main 1969 und 1986, S. 225–243.

Arthur Schnitzler (1862–1931) kam als Arzt früh mit der Psychoanalyse Sigmund Freuds in Berührung. In den 1890er Jahren entstand um ihn und Hugo von Hofmannsthal der Literaturkreis »Junges Wien«. Schnitzler war einer der wichtigsten Kritiker der österreichischen Gesellschaft um 1900.
Die Frau des Weisen, aus: Gesammelte Werke in drei Bänden. Bd. 1: Erzählungen. Herausgegeben und mit einem Nachwort versehen von Hartmut Scheible. Artemis & Winkler Verlag/Patmos Verlag GmbH & Co. KG, Düsseldorf/Zürich 2002, S. 195–211.

August Strindberg (1849–1912) ist der bedeutendste schwedische Schriftsteller und Dramatiker des 19. Jahrhunderts. Bekannt über sein Heimatland hinaus wurden sein realistisch-satirischer Roman »Das rote Zimmer« und seine frühen Theaterstücke »Der Vater« und »Fräulein Julie« sowie seine späten symbolistischen Dramen »Totentanz«, »Ein Traumspiel« und »Gespenstersonate«.
Romeo und Julia, aus: Heiraten. Zwanzig Ehegeschichten. Aus dem Schwedischen von Emil Schering. Georg Müller Verlag, München/Berlin 1917, S. 177–181.

Kurt Tucholsky (1890–1935) war einer der wichtigsten Satiriker und Gesellschaftskritiker der Weimarer Republik. Unter den Pseudonymen Peter Panter, Ignaz Wrobel, Kaspar Hauser und Theobald Tiger schrieb er für die Wochenschrift »Weltbühne«. Berühmt sind seine Essays, Gedichte und die Erzählungen »Schloß Gripsholm« und »Rheinsberg«.
Rheinsberg. Ein Bilderbuch für Verliebte, aus: Rheinsberg. Ein Bilderbuch für Verliebte und anderes. Herausgegeben von Mary Gerold-Tucholsky. Rowohlt Verlag GmbH, Reinbek bei Hamburg 1960, S. 19–73.

Ippolita Avalli

Die Perleninsel

Ein Märchen über die Liebe. Aus dem Italienischen von Viktoria von Schirach. 128 Seiten. Serie Piper

Gibt es etwas Wichtigeres und Rätselhafteres als die Liebe? Mit dieser Frage macht sich Giulia auf den Weg und findet ihre Erfüllung in der Abgeschiedenheit der magischen fernöstlichen Welt. Auf der japanischen Insel Amami hofft sie den jungen Priester Jean zu treffen, der ihr im Traum begegnet war. Ippolita Avalli schildert die aufregende Suche nach Erlösung und Verschmelzung zweier Seelen, denen nichts so wichtig ist wie die Liebe. Das Märchen von der Perleninsel ist eine Einladung, sich auf Gefühle einzulassen und seinem Herzen zu folgen – ein berührendes Buch über die Kraft der Liebe.

Anne Morrow Lindbergh

Muscheln in meiner Hand

Eine Antwort auf die Konflikte unseres Daseins. Aus dem Amerikanischen von Maria Wolf. Übertragung der Gedichte von Peter Stadelmeyer. 144 Seiten. Serie Piper

»Ursprünglich schrieb ich diese Seiten nur für mich selbst. Ich wollte meinen eigenen Lebensstil, meinen persönlichen Lebensrhythmus zwischen meiner Arbeit und meinen menschlichen Beziehungen überdenken. Und da ich am leichtesten mit dem Bleistift in der Hand denke, ergab sich das Schreiben von selbst.«

Seit Jahrzehnten gibt dieses Buch unzähligen Menschen Hilfe auf der Suche nach dem Sinn des Lebens. Anne Morrow Lindbergh, die Frau des berühmten Ozeanfliegers, fand in der Einsamkeit einer Meeresküste die Muße, dem verborgenen Sinn unseres Daseins nachzuspüren.

Als die Liebe auf die Welt kam

30 Reportagen über den Menschen. Herausgegeben von Peter-Matthias Gaede. 368 Seiten. Serie Piper

Warum träumen wir? Welche Funktion hat das Fett in unserem Körper? Weshalb brauchen wir den Schlaf? Was macht das Blut zu einem ganz besonderen Saft? Und was bedeutet es, »multipel« zu sein? Die 30 GEO-Reportagen dieses Bandes erzählen von den Wundern der menschlichen Natur und von spektakulären Ergebnissen in der modernen Medizin. Sie schildern Expeditionen in den Körper des Menschen und erhellen komplexe Zusammenhänge ebenso geistreich wie spannend.

»Reportagen, die nicht nur auf unterhaltsame Weise Wissen vermitteln, sondern zur Besinnung, zum Nachdenken anregen. Über uns selbst. Über unsere Fähigkeiten, unsere Möglichkeiten – und unsere Grenzen.«
Donaukurier

Freundinnen

Die schönsten Geschichten. Herausgegeben von Annika Krummacher. 272 Seiten. Serie Piper

Wer erinnert sich nicht an die erste Sandkastenfreundschaft, an die Kumpelfreundin, mit der man Pferde stehlen konnte, und an die Seelenverwandte, die einen beim ersten Liebeskummer tröstete? Doch manche Freundinnen werden wegen eines Mannes plötzlich zu Todfeindinnen oder entpuppen sich wegen eines begehrten Jobs als Rivalinnen. Und manchmal gibt es beste Freundinnen, zwischen denen es plötzlich so merkwürdig kribbelt und die bald mehr sind als nur Vertraute ... Hier sind die schönsten Geschichten über Frauenfreundschaften versammelt: von Doris Dörrie und Elke Heidenreich über Dacia Maraini und Fay Weldon bis zu Maike Wetzel und Karen-Susan Fessel. Ob bissig, erotisch, anrührend oder erfrischend – sie alle zeigen, daß die Freundschaft unter Frauen durch nichts auf der Welt zu ersetzen ist!